騎士団長の
お気に召すまま

白ヶ音 雪

YUKI SHIROGANE

ノーチェ文庫

登場人物紹介
ヴィクトラム
川に倒れているところをセシルに助けられた青年。
実は、30歳の若さで黒虎《こっこ》騎士団の団長を務めている。
記憶喪失時は親しみやすい性格だったが
元々は『冷徹騎士団長』と呼ばれるほど厳しい。
セシル
村で母親と料理屋を営む、頑張り屋の18歳。
記憶喪失状態のヴィクトラムを助け、
共に暮らすうちに彼に思いを寄せる。
彼の正体を知り、叶わぬ恋だと諦めようとするが——

ヒルダ
公爵家の令嬢。
騎士団長に
ご執心のようだが……
ユーリ
城の料理長の孫。
同僚としてセシルに優しく接する。
アニエス
城に仕えるメイド。
セシルのお世話をしてくれる。
サーク
黒虎騎士団の副団長。
クールな性格だが、団長への忠誠心は厚い。
カーラ
セシルの母親。女手ひとつで
セシルを育てる、強い女性。

目次

騎士団長のお気に召すまま

第一章

緑豊かな森に囲まれた、メレル村。

近くには川が流れ、耳を澄ませば涼しげなせせらぎの音が聞こえてくる。

澄み切った青空に、大きな煙突《えんとつ》からもくもくと白い煙が吐き出され、綿菓子のようにふわりと広がっていった。

森を背にして建つのは赤い屋根が特徴的な建物で、入り口には小さな看板が掲げられている。その看板には躍るような文字で『七《なな》つの波止場亭《はとばてい》』と記《しる》され、横には錨《いかり》の絵が添えられていた。

建物の中からは、わいわいガヤガヤと人々の楽しげな話し声が聞こえてくる。

「おーい、セシル！　こっちにキノコのポットパイ追加ね！」

「こっちにもベーコンとトマトのサラダをお願い！」

活気づいた空気の中、客の大声が飛び交う。

ここ『七つの波止場亭』は、メレル村唯一《ゆいいつ》の料理屋である。昼は料理を、夜は酒を振る舞い、大勢の客で賑《にぎ》わう。この店を切り盛りするのは、女将《おかみ》カーラとその娘セシルだ。

「セシル、さっき頼んだオムレツまだかい？」

「はーい。ちょっと待ってね、今行くわ！」

客に負けじと大声を出し、セシルは先ほど注文された『彩《いろど》り野菜のオムレツ』を、テーブルの合間を縫うように運んでいく。

歳は十八歳。頭頂部で結んだチョコレート色の髪に、鮮やかな緑の目が印象的な娘である。

動きやすいキュロットスカートに清潔な白いシャツ、そして同じく白いエプロンを身につけ、フリルの裾を翻《ひるがえ》しながらくるくると動き回っている。はつらつとした笑顔は、この夏の暑さをも吹き飛ばすような、爽《さわ》やかさに満ち溢れていた。

「はい、おまちどうさま。女将《おかみ》特製の、美味《おい》しいオムレツよ」

「ありがとう。これを食わなきゃ一日が始まらねぇや」

常連の農夫が、悪戯《いたずら》っぽく片目をつむって見せる。彼だけではない。昼間にこの店を訪れるのは、ほとんどが近所に住む顔見知りばかりなのだ。

「よぉセシル、いい加減尻くらい触らせろよ。チップははずむぜ？」

次の注文品を運ぼうと振り向いたセシルに、そんな下劣な冗談が飛んできた。見れば、幼い頃よく一緒に遊んだ青年が、ニヤニヤしながらセシルを見ている。

ジョシュという名の彼は、近所の港で働いており、陽に焼けた逞《たくま》しい体つきをしている。

目つきは鋭く、一見すると乱暴者のようだ。幼馴染《おさななじみ》でなければ近寄りたくないと思うかもしれないが、いまさら彼の外見に臆《おく》するセシルではない。何せ子供の頃は、彼に馬乗りになって泣かせていたほどのお転婆《てんば》少女だったのである。

「そんな悪いことをしようとするのはこの手かしら？　ジョシュ」

青年の手の甲をきつく抓《つね》りあげると、セシルは調理場で料理を作る母、カーラへ向かって声を張り上げる。

「母さーん！　ジョシュのスープは唐辛子たっぷりでお願いね！」

「はいよ！　うちの大事な娘に手出しするような輩《やから》には、口の中が火事になるくらいたんまり入れたげるからね」

カーラの言葉に、店中がどっと笑いの渦《うず》に包まれた。

「おいジョシュ！　セシル嬢ちゃんを怒らせたらえらいことになるぞ！」

「そうだそうだ！　女将《おかみ》さんの愛娘《まなむすめ》に悪戯《いたずら》したら、二度とここの美味《うめ》ぇ料理が食えなくなっちまう！　最悪、黒虎《こっこ》騎士団に引き渡されて牢獄行きだぞ！」

そんな野次《やじ》が飛び、ジョシュはきまり悪そうな苦笑を浮かべつつ頭をかいている。

『黒虎騎士団』というのは、このメレル村の周辺地域の平和を守っている治安維持部隊の名前だ。

領主であるエルドール卿の率《ひき》いる騎士団で、かつて盗賊を討伐した勇猛果敢《ゆうもうかかん》ぶりは、王都を守る『白鳥《はくちょう》騎士団』に勝るとも劣らないと言われている。

セシルもまだ子供の頃、父に冗談半分で「悪いことをしたら黒虎騎士団が来て、牢屋に連れて行かれるぞ」と脅《おど》されたものだ。

もちろん成長した今では、地域の安全を守ってくれる騎士団には感謝している。

「なあ、ほんの冗談じゃねぇか。唐辛子たっぷりなんて意地悪なこと言うなよ、なっ」

「あなたが悪いんでしょ、ジョシュ」

機嫌取りのようなジョシュの台詞《せりふ》に、わざとらしくツンとそっぽを向けば、客たちが再び大笑いした。

ジョシュは頭をかいて、落ち込んだ顔をしている。

その表情があまりにも情けなく見え、セシルは苦笑を押し殺しつつ、あえて難しい顔を作ってみせる。

「次に同じことをやったら、今度こそ赦《ゆる》さないからね。分かった？」

「じゃ、じゃあ今回は赦《ゆる》してくれるのかセシル！　恩に着るぜ！」

ぱっと、ジョシュの顔が明るくなった。

まったく、子供の頃から変わらないんだから。

セシルは今度こそ苦笑を浮かべた。唐辛子たっぷりだなんて言ってはみたものの、もちろん本気で怒っているわけではない。幼い頃からの延長でじゃれあっているだけなのだ。

皆それを分かっていて、面白がっている。メレル村の住人たちの仲の良さが、そのまま表れた光景だった。

「……さてと、次はミアンさんのところにキノコのポットパイだったわね」

一段落ついて、調理場に料理を取りに戻ろうとしたセシルだったが、その手をふいに掴まれた。ジョシュだ。

「なぁに？　まだ何か用があるの？」

セシルの問い掛けに、ジョシュはどことなく真剣な、そして緊張したような面持《おもも》ちで、おずおずと口にした。

「なあセシル。お前、今度の祭り、誰と行くか決めたか？」

「またその話？」

セシルは呆れつつ、腰に手をやった。最近、ジョシュはことあるごとにこの話題をセシルに振るのだ。

彼の口にした祭りというのは、メレル村で毎年夏に開催される、豊穣祭《ほうじょうさい》のことだ。大地の女神ディアメールと、その夫である太陽神アプロニスに日々の恵みを感謝し、踊りや供物《くもつ》を捧げるという催《もよお》しである。

音楽隊の演奏や出店だけでなく、よそから出稼ぎの行商人が訪れることもあり、一年でもっともメレル村が賑《にぎ》わいを見せる日だ。

その中でも特に重要なのが、アプロニスとディアメールに扮《ふん》した若い男女を、村人たちが審査する仮装大会だった。

優勝すれば、賞品として大量の家畜や作物が手に入る。だからたいていの若い男女は伝統衣装に身を包み、アプロニスとディアメールに扮《ふん》して意気揚々《いきようよう》と祭りに参加するのだが……

「どうせ、一緒に行くような恋人もいねぇんだろ？」

半ば決めつけるような言い方に、少しムッとしつつセシルはジョシュを睨《にら》んだ。確かに恋人なんていない。けれど、どうして彼にそんなことを言われなければいけないのか。

「あのねえ。恋人がいないとか、祭りに誰と行くかなんて、あなたに関係ないじゃない」

「なっ！　関係ないって、俺は……！」

ジョシュの顔が真っ赤になり、どことなく慌てた様子となる。セシルは肩を竦《すく》めると、疲れたように溜息を吐いた。必死で隠そうとしているのだろうが、ジョシュの魂胆《こんたん》など見え見えだ。

「あーはいはい、分かってるわよ。いつまでも恋人のいないわたしを馬鹿にしたいんでしょう。おあいにくさま、わたしはこの店が恋人なの。お祭りの日だって、お昼までは開ける予定なんだから。悪いけどもう仕事に戻るわ」

「ちょ……っ、おい待てよセシル！」

「話があるならまた今度ね」

「今度っていつだよ！」

「今度は今度よ。もう行くわ」

きっぱりとジョシュに言い放つと、セシルは今度こそ踵《きびす》を返してその場を後にした。

母のいる調理場へ足を踏み入れると、そこにはセシルの昼食が用意してあった。余り物の野菜や肉を煮詰めたシチューと、パンだ。

「セシル、お疲れさま。あとは私がやるから、先に食べちゃいなさい」

「うん。ありがとう、母さん。あ、ミアンさんのところにキノコのポットパイ、お願いね。サラダは四番テーブルだから」

「はいよ」

セシルと入れ替わりに、カーラが調理場を出て料理を運びに行った。

それを見送ったセシルは、頭につけていた三角巾を取って、小さな木椅子に腰かける。

昼の注文分をあらかた運び終えたところで、母に給仕を代わってもらい、昼食を食べるのがセシルの常だ。といっても、ゆっくり食べている時間はない。

昼食を終えたらまた仕事に戻り、客が帰った後は、後片付けや皿洗いをする。

そしてつかの間の休息を取ると、今度は夜の仕事が待っている。

陽が沈むと、この店は料理屋から酒場へと変わる。その時は客に、つまみや酒などを提供するのだ。

「神のお恵みに感謝します」

食前の祈りを手早く唱えて両手を組んだセシルは、まずパンを千切《ちぎ》ると、それをシチューに浸《ひた》して食べた。口いっぱいに至福の味が広がり、自然と頬が緩《ゆる》む。

今日はとろとろになるまで煮込んだ、牛スジ肉が入ったシチューだ。それが玉ねぎやニンジンなどの野菜の旨味《うまみ》と絡み合い、絶妙なコクを醸《かも》し出している。

「んー、美味《おい》しい！　やっぱり母さんのシチューは最高ね！」

思わず、そんな独り言が漏れる。

もともと料理上手だったカーラは、夫を事故で亡くした後、女手ひとつでセシルを育てるためにこの店を始めた。セシルも物心ついた頃から母の手伝いを始め、今ではすっかり給仕が板についている。

朝は早起きして野菜を収穫し、昼は店の手伝いをし、夜は酒場が閉まってすぐに床《とこ》に就く。店休日はあるものの、その日は市場に野菜や肉を仕入れに行くため、自由な時間はほとんどなかった。

そんな生活の中で、恋人などできるはずもない。

もちろん、他の娘たちのように当たり前に恋をしたいと思ったこともある。けれど、セシルにとっては母に恩返しをすることのほうが重要だ。

自分が人一倍働いて、老いた母に楽をさせてあげたい。そんな思いで日々を過ごしていた。

「ごちそうさまでした」

シチューを食べ終え立ち上がったセシルは、食器を流しへ持って行き、その下にある棚からバケツを取り出した。

食事を終えたからといって、休んでいる暇はない。これから夜間営業の料理のため、川へ魚を獲りに行かなければならないのだ。

バケツを持って裏口から外に出たセシルは、鬱蒼《うっそう》と立ち並ぶ木々の間を抜けて、川へと向かう。

森の中を流れる川は、この村にとって重要な水源だ。上流から流れてくる澄んだ水は、飲み水や洗濯、畑の作物に撒《ま》くなどの生活用水として使われる。

木陰を歩きながら、セシルは気持ち良く鼻歌を歌った。

木の葉は太陽の熱を遮《さえぎ》るカーテンとなり、緑の香りを含んだ風は涼しい。夏とはいえ、まだまだ本格的な暑さには遠い。

この時間、村人は皆食事中か、そろそろ仕事に戻る頃で、川に来る人間なんて滅多にいない。今だけはこの森の静寂は、セシルのものだ。

軽い足取りで川にたどり着いたセシルは、罠を仕掛けておいた場所へと足を向けた。

微風《そよかぜ》に吹かれて穏やかに波立つ水面《みなも》が、きらきらと太陽の光を弾いている。水底の白い小石も、まるで宝石のように光っており、まぶしくて目を細めるほどだ。

「さて、魚はかかってるかしら……」

仕掛けておいた罠に魚が入っているかどうかを確認するため、川を覗き込んだその時だった。

視界の端で、何かがきらりと光った。水面《みなも》や、小石ではない。もっと鮮やかなきらめきだったように思う。

誰かが光り物でも落としたのだろうか。

そんな風に考え、セシルは光の出どころと思《おぼ》しき場所へ近づく。その瞬間、手にしていたバケツを思わず取り落としてしまった。

男がひとり、倒れている。

うつ伏せなので顔は見えないが、成人はとうに越えているであろう逞《たくま》しい体つきだ。真っ黒な服に身を包んでおり、黒と茶がまばらに入り混じった髪をしている。ベルトの金属が、陽光を反射して目映《まばゆ》いほどに光っていた。

男は全身ずぶ濡れで、ぴくりともしない。誰が見ても溺れたのが明らかな状況を前に、セシルは蒼白になった。

急いで駆け寄り、男のそばに跪《ひざまず》く。

「あのっ、どうしたんですか!? 大丈夫ですか!?」

体を揺さぶりながら声を掛けたが、返事はない。

まさか、死んでいるわけじゃないでしょうね……？

水を含んでぐっしょりと濡れた服の重さにぎくりとしつつ、恐る恐る男の体を仰向《あおむ》かせる。

顔を見れば信じられないほどに白く染まっており、唇も恐ろしく青い。だが口元に手をかざせば、かすかに吐息を感じることができた。

セシルは彼の額《ひたい》にそっと触れたとたん、慌てて手を引っ込めた。氷のように冷たかったのだ。

今は意識を失っているだけのようだが、このままでは濡れた服に体温を奪われ、死んでしまうかもしれない。

そう思った瞬間、耳の奥でざぁっと血の気の引く音がした。小さく長閑《のどか》な村で暮らすセシルにとって、死というものに触れる機会はあまりに少なかった。

「大変……！」

セシルは迷わず踵《きびす》を返し、村のほうへ引き返した。

自分ひとりではどうしようもない。助けを呼ばなければ。その一心で、息を切らしながら駆け戻る。

すると、ちょうどジョシュと、その仲間の青年たちが連れ立って歩いているところに

出くわした。

食事を終え、今から仕事に向かう途中のようだ。手には作業袋を持っている。

「ジョシュ、ノックス、フェイグ！　ちょうど良かった、ねえちょっとあなたたちこっちに来て！　大変なの‼」

「お、おいどうしたんだよセシル。落ち着けよ」

幼馴染《おさななじみ》で気心の知れた青年たちの名前を呼び、ぐいぐいと腕を引っ張るセシルに、ジョシュは困惑の表情を浮かべる。だが、今は落ち着いている場合ではない。

「川べりに人が倒れているのよ！　早く助けないと死んじゃうかも！」

叫ぶようなセシルの言葉に、青年たちは顔色を変える。

手にしていた作業袋を放り投げると、彼らはすぐに川へ向かって駆け出した。セシルもその後に続く。

男は、先ほどと変わらずその場所に倒れていた。ジョシュたちは目を丸くしながらも、男を取り囲むようにして様子を窺《うかが》う。

「こりゃ、ずいぶんな大男だ。確かにセシルひとりじゃ無理だろうな」

「おい、俺が足を持つから、お前たちは腕を持ってくれ！」

青年たちの頼もしい言葉に安堵しつつも、のんきにその様子を見ている暇はない。早く医者に診《み》せてやらなければ。

「ジョシュ、うちに運んで。わたし、先生を呼んでくる」

「ああ、分かった」

その場はジョシュたちに任せ、セシルはスカートの裾を翻《ひるがえ》しながら、村の診療所に走った。

診療所は、村を見下ろせる小高い丘の上にあり、白いあごひげを蓄《たくわ》えた老医師が常駐している。

セシルも小さな頃は、ずいぶんと世話になったものだ。今でも、風邪をひいた時はこの老医師の作る苦い薬の世話になっている。

「先生！」

体当たりする勢いで診療所の扉を開けると、消毒液の匂いがツンと鼻をついた。

老医師の姿を探すと、彼は机に向かって何か書き物をしているところだった。

突然飛び込んできたセシルの姿に驚いたのだろう。眼鏡の向こうで、細い目が見開かれる。

「おやセシル、どうしたんだね」

「川のそばで人が倒れていたんです！　息はあるけど、顔色が悪くて……。今、ジョシュたちがうちに運んでくれてるから、診《み》てあげて下さい！」

セシルの言葉に、老医師の細い目は更に見開かれた。

「それは大変だ。すぐに行こう」

慌てて往診鞄を抱えると、老医師はセシルと共に小走りで『七つの波止場亭』へ向かった。

店内にはまだまばらに客が残っており、床に寝かされた男の様子を見守っている。男はすでに濡れた衣服を脱がされていて、上半身には何も纏《まと》っていなかった。その代わり、カーラが用意したであろう毛布を被っている。

ジョシュたちが右往左往《うおうさおう》している中、カーラだけが忙《せわ》しなく湯を沸かしたり、熱湯に浸《ひた》した布を用意したりしていた。

「おおこれは、ずいぶんと大柄な男性だね。ほれほれ、君たち、見世物じゃないぞ」

興味津々《きょうみしんしん》で様子を窺《うかが》う客たちを店から追い出すと、老医師はかがみ込んで男を診察し始めた。普段おっとりの彼も、こういう時はてきぱきとした、頼もしい医師に早変わりする。

一通り診察した後、セシルに目を向けた老医師は穏やかな口調で言った。

「少し体温が下がっているようだが、脈も呼吸もしっかりしているし、このまま温め続ければ大丈夫だ。毛布はもっとあるかね」

「は、はい！　二階から持ってきます！」

「冷やさないように包んであげなさい。ああ、女将《おかみ》さんはその布を、彼の首の後ろに当ててあげて」

医師の指示に従い、セシルは急いで二階へ駆け上がった。

店の二階は、居住空間となっている。部屋は三つ。カーラとセシルそれぞれの部屋と、以前は父の部屋だった空き部屋。それから物置に浴室と洗面所。

物置からありったけの毛布や敷布をかき集めて戻ったセシルは、それらで丁寧に男の体を包み、老医師に向き直る。

「先生、この後はどうすれば良いですか？」

「水中の菌が肺の中で悪さをして肺炎になる可能性もあるから、目を覚ましたら薬を飲ませてやるといい。熱が出た時は、この解熱薬を飲ませて」

老医師は往診鞄の中から薬包紙をいくつか取り出すと、それをセシルに手渡す。

「また明日様子を見にこよう。今日は、このまま安静にさせておくように」

「はい、ありがとうございます、先生……」

「お、おい先生！　こんなどこの誰とも知らない男の面倒を、セシルに見させるっていうのかよ⁉　診療所で世話すればいいだろうが」

ジョシュが焦ったような声で言い、意識のない男を見下ろす。

セシルは驚いて、思わず反論の声を上げていた。

「ジョシュったら、何言ってるのよ。今先生が言った通り、この人は絶対安静の身なのよ？　そんな状態の病人を、あんな丘の上まで動かせるわけがないでしょう」

「そ、そりゃそうかも知れないけどよ。万一のことがあったらどうするんだよ！」

ジョシュの言うことも、確かに一理ある。女ふたりしかいないこの家に素性の知れない男を置いておくのは、あまり良いことではないだろう。

だからといって誰か別の人間に頼めるかといえば、それも難しい。

こういった小さな村では、よそ者に対してどうしても警戒が生じる。かつて盗賊や山賊に襲われた経験が、村人たちにそうした無意識の防犯意識を植え付けているのだ。

ましてやこの村には治安所もない。ジョシュが不安を抱くのは、無理もないことだった。

だが、セシルはこんな状態の人間を放ってはおけなかった。

亡き父はいつも、正しい行いをすれば神様は必ず見ていてくれるのだと教えてくれた。

困っている人がいたら迷わず助けなさい、とも。

セシルはその父の教えを胸に、今まで生きてきた。これからも、変わることはないだろう。

「大丈夫よ、ジョシュ。彼は意識がないのよ。それに、よそ者だって理由だけで見捨てるわけにはいかないわ」

「今は意識がなくても、すぐ目を覚ますかもしれないだろう！　襲われたらどうするんだ？　こいつが野盗じゃないって保証は？　どこにもないじゃねぇか！」

「衰弱しきっているだろうから心配いらないわ。もし何かあったら、大声を出すわよ」

『七つの波止場亭』のそばには、常連客の住む家々が立ち並んでいる。セシルが叫んで助けを呼べば、日頃の農作業で鍛えられた農夫たちが、すぐに駆け付けてくれることだろう。

男が野盗だとしても、たったひとりで大勢に敵《かな》うはずもない。

「ねえ母さん、彼をここに置いてあげても良いでしょう？　こんな状態で放り出したら、きっと死んでしまうわ。わたしがちゃんとお世話するし、ねえお願い」

「そうだね……。困った時はお互いさまだしねぇ」

もともと人の良いカーラは、反論することなくセシルの言葉に頷く。そんな親子のやりとりに、ジョシュは反発の声を上げた。

「おばさん！　そんなのんきなこと言ってていいのか!?　セシルは年頃の女なんだぞ！」

「大丈夫大丈夫、自分で歩けるようになったら、さっさと出て行ってもらうから」

慌てた様子のジョシュに、おっとりとカーラが笑いかける。

あまりの手ごたえのなさに、ジョシュの肩はがくりと落ちた。この家の住人であるセシルとカーラがそう決めた以上、部外者の彼がそれ以上口出しできるはずもない。

「おばさんがそこまで言うなら仕方ないけどよ……。でも、何かあったらすぐに大声を出すんだぞ」

ジョシュはそう言いながら、しぶしぶといった様子で引き下がった。

気を取り直したところで、セシルは視線を、さっと左右にいる青年たちに向ける。

「それじゃ、さっそく彼を運ばないと」

運んでくれるわよね、と目で語りかける。

無言の命令に、ノックスとフェイグは困ったように顔を見合わせつつも素直に従った。セシルの機嫌を損ねれば、仕事の合間の楽しみである昼食が食べられなくなってしまうからだ。

男はしっかりと毛布に包まれたまま、青年たちによって二階の空き部屋へと運ばれた。しなやかな筋肉の鎧《よろい》を身につけたかのような屈強な体躯《たいく》は、見た目に違《たが》わず重いようだ。ようやく寝台に運び終えた時には、ふたりの額《ひたい》に玉の汗が浮かぶほどだった。

「あぁ、重かった」

「こんな大男、初めて見たよ」

「ごくろうさま。助かったわ、皆。ありがとう。明日のお昼はたっぷりおまけしてあげるからね」

おまけという言葉に、ノックスとフェイグの表情が綻《ほころ》ぶ。

こういう無邪気な顔は、小さい頃から変わっていない。ただひとり、ジョシュを除いては。

彼はといえば、むっつりと唇を引き結び、腕を組んで黙り込んでいる。その鋭い視線は、眠る男の上に注がれたままだ。

いったい、何がそんなに気に食わないというのだろう。

「どうしたのよ、ジョシュ」

「別に!!」

「ちょ、ちょっとジョシュ!?」

大きな足音を立ててその場を後にしたジョシュを追いかけようと、セシルは足を踏み出した。しかし、背後から伸ばされた手によってそれを阻《はば》まれる。ノックスがセシルの肩を掴んだのだ。

「放っておけよ、あいつもひとりになりたい時があるのさ」

「え、でも……」

「難しい年頃なんだよ」

「難しい年頃って……ジョシュはもうとっくに二十歳を超えているじゃない」
 十五、六の思春期の少年ならいざ知らず、二十歳にまでなって難しい年頃とはどういうことなのだろうか。
訳が分からない、という顔をするセシルを前に、青年たちは互いに目くばせをして、意味深に微笑み合っている。ジョシュがセシルに片思いしていることに気づいていないのは、本人だけなのだ。

どこか生温かい表情に、セシルは自分だけが仲間外れにされたような心地になった。

「もう良いから出てって！　お店の開店準備もしなくちゃいけないんだから、ほらほら！」

セシルは彼らの背中をぐいぐい押し、部屋から追い出した。

静寂の戻った部屋の中、寝台に近寄って男を眺める。

父の使っていた寝台はそこそこ広かったはずだが、この男が横たわると狭く見えてしまう。

それにしても、なかなか整った顔立ちをした男だ。物語に出てくる王子様のように洗練された美しさはないが、彫りが深く、はっきりとした目鼻立ちをしている。

男らしい寝顔をじっと見つめ、セシルは少しだけどきどきしてしまった。

彼はいったい、どんな目の色をしているのだろう。

どんな声をしているのだろう。

――瞼《まぶた》が開いた時、自分を見てどんな顔をするのだろう。

「きっと、びっくりするわね」

その時のことを想像して、セシルは口元を綻《ほころ》ばせた。その時――

「う……」

男がかすかにうめき声を漏らし、眉間に皺《しわ》を寄せた。

起こしたかと思い焦ったセシルだが、男はそれ以上何か言うこともなく、少し苦しげな寝息を立てて眠り続けている。

寝返りを打った際に毛布がはだけ、逞《たくま》しい胸板が露《あら》わになったのを見て、セシルの頬が赤らむ。

父親や兄弟のいないセシルには、異性の裸を見る機会なんてそうあるものではないのだ。

「わたしったら、何ドキドキしてるのよ。馬鹿みたい」

頭を横に振って動揺を追い出すと、セシルはできるだけ男から目線を外しつつ、毛布を掛け直す。

そして毛布からはみ出していた手を中に入れてやろうとした時、彼の掌《てのひら》に硬いタコがあることに気づいた。農具を握る者の手と同じだ。

おそらく彼はどこかの村に住む農夫なのだろう。

水汲みの際にでも誤って足を滑らせ、川に転落し、この村まで流されてきたに違いない。

よく見れば岩にでもぶつけたのか、額《ひたい》に大きなあざができている。

「かわいそうに……」

セシルは同情の呟《つぶや》きを零した。

きっと家族が心配しているに違いない。なるべく早く、家に帰してあげたいと思う。

ジョシュの言ったように自分がこの男を助けたことを後悔する時がくるなんて、この時セシルは、みじんも考えていなかった。

男が目を覚ましたのは、その日の夕方のことだった。

一旦店を閉め、夜間営業の準備をする前に湯浴みでもしようと二階に上がった時、セシルは小さな物音を聞きつけた。

空き部屋からだ、とすぐに分かったのは、母が一階で皿洗いをしている最中で、二階にはひとりしかいないからだ。

もしかして、目を覚ましたのかしら……？

急いで空き部屋に駆け付けたセシルの目に飛び込んできたのは、夕焼けの差し込む部屋の中、寝台で上半身を起こそうとしている男の姿だった。

目覚めたばかりで手足の感覚が戻っていないのか、男の動作はふらついていて危なっかしい。

「駄目よ、まだ寝てなきゃ！」

子供をたしなめるように言い、セシルは男に駆け寄った。

男は突然現れたセシルを見て、目を丸くしている。無理もない。自分がどこにいるのかも分からないのだろうから。

切れ長の目の色は、深みのある茶。意志の強さを感じさせる鋭い光をたたえており、とてもただの農夫とは思えない。

見とれて声の出せないセシルへ、男は二日酔いのような表情で頭を押さえながら、掠《かす》れた声で問い掛ける。

「……君は？　ここはいったいどこなんだ」

「わ、わたしはセシル・ブランシェよ。ここはメレル村。あなた、川べりで倒れていたのよ」

「倒れていた……？」

「ええ。あ、全身びしょ濡れだったから服を脱がせたの。あなたの着ていた服は乾かしておいたわ。まずこれに着替えて。わたしは外に出てるわね」

畳んで椅子の上に置いてあった男の服を持ってくると、セシルは早口でそう言う。服を寝台の上に置いて部屋を出ていき、男が着替え終わった頃を見計らって部屋に戻る。

「大丈夫？　具合とか悪くない？」

「ああ、大丈夫だ……。ところで俺は……」

「あなた、きっと上流のほうで溺れて流されてきたんだと思うわ。心当たり、ある？」

セシルの言葉に、男は力なく首を横に振る。

目覚めたばかりでよく思い出せないのだろう。

「そう。それじゃ、名前は？　出身はどこなの？　お医者様が、肺炎になるかもしれないからしばらく安静にって仰《おっしゃ》ってるんだけど、元気になったら住んでいた村まで送ってあげるわ」

食料や酒の買い付けでたまに町へ赴《おもむ》くため、セシルは馬車の手綱《たづな》を握ることには慣れている。

すると男は、項垂《うなだ》れながら再び首を横に振り、こう口にした。

「分からない……何も、思い出せないんだ」

男の話はこうだった。

気づけば見知らぬ場所で目が覚め、すぐにセシルが現れた。そうして状況の説明をしてもらったが、どうもぴんとこない。

そこで気づいたのだ。

自分には、目覚める以前の記憶が一切ない。名前も、住んでいた場所も何もかもすっかり、忘れてしまっているのだと。

「本当に、何も思い出せないの？」

「すまないが……」

男はうなだれたまま、申しわけなさそうに頭《かぶり》を振る。その表情は、とても嘘をついているようには見えない。

「そんなことって現実にあるのね……」

物語の中でしか見たことがないような、いわゆる記憶喪失の男を前に、セシルは途方に暮れた。

何を聞いても、男は「覚えていない」の一点張りだ。

目覚めればすぐにでも、名前と出身を聞いて自宅に送り届けようと思っていたのだが、どうすれば良いのだろうか。

「当然、メレル村って言っても知らないわよね……？」

駄目もとで聞いてみたセシルだったが、返ってきたのは力ない否定の言葉だった。

これは困ったことだわ。

セシルは宙を仰いだ。

これでは、彼がどこの誰なのかさっぱり分からないではないか。

「ちょっと、服を調べてみても良い？」

「ああ……」

何か彼に関する手掛かりがあるかもしれない。そう思い、セシルはシャツの裾を裏返しに捲《まく》って見た。

すると、青い糸で『V』という文字が刺繍《ししゅう》してあるのを見つける。恐らく名前の頭文字だろう。

ほかにも何かないかと、本人に下着まで確認してもらったが、めぼしいものを見つけることはできなかった。

「うーん……。とりあえず呼び名がないと困るから、『V』から取って、ヴィーと呼ぶことにするわね。それで良い？」

「分かった、問題ない」

ヴィー、と名付けられたばかりの男は、素直に頷いている。

鋭い顔つきをしているが、根はまっすぐなのだろう。人柄も良さそうだ。

「記憶が戻らないことには、あなたの帰る場所が分からないわけだけど……。どうする？」

「どうする、というと……」

「まずひとつ目の選択肢としては、全快したらふたつ隣の村にある治安所にお世話になること。この場合、寝床と安全は確保されるけれど、ごはんが不味《まず》いわ。それから、治安官がおしゃべり好きのオジサンだってことも知っておくべきね。息をするのとごはんを食べている時以外は、いつもしゃべっているような人よ」

「ひとつ目があるということは、ふたつ目を期待しても良いということか」

間髪容《かんはつい》れず繰り出された言葉に、セシルは少し笑ってしまった。ヴィーも、治安官のおしゃべりには付き合いたくないらしい。

「ふたつ目は、そうね。わたしの母さんの返答にもよるけど、もしあなたがうちの手伝いをしてくれるって言うんなら、しばらくここに置いてあげる」

「手伝い？」

「薪《まき》割りとか水汲みとか、給仕よ。うちは料理屋で、夜は酒場もやってるの。あなた、見た目がとても強そうだし、立っているだけで用心棒になりそうだわ」

セシルがそう言うと、ヴィーはすぐにその案に乗った。

「だったら、できればここに置いてほしい。俺にできることなら何でもするから」

「分かった。それじゃ、今から母さんに話に行くわ。心配しないで、母さんは困った人を見たらほっとけない性分なの」

片目を瞑《つむ》ってみせ、セシルは一階で皿洗いをしているカーラのもとへ足を向けた。

娘の説明に、母は当然驚いた。記憶喪失の人間など、滅多にお目にかかれるものではない。

「そういうわけで、彼をしばらくうちで預かれない？　ほら、母さん近頃、重いもの運ぶのがきついって言ってたでしょう。こういう時、男手があったら便利だと思うの」

「そうだろうけど……」

さすがに年頃の娘を持つ母親だ。簡単に頷くことは躊躇《ためら》われるのだろう。カーラはしばらく迷うそぶりを見せる。

「うちが引き受けてあげないと、彼、行くところがないわ。せめて記憶が戻るまで、良いでしょう？　夜はガラの悪いお客さんもたまに来るし、何かと助かると思うわよ。ねっ？」

「まあ確かにねぇ……」

軟化しつつある母の態度に、あと一押し、とセシルは言葉を重ねた。

「ほら、父さんも、困った人がいたら助けてあげなさいっていつも口癖みたいに言っていたでしょ？　わたし、父さんとの約束を守りたいのよ」

亡き夫の言葉に、カーラも思うところがあったようだ。

苦笑しつつも、しっかりと頷く。

「それじゃ、記憶が戻るまでの期間限定ってことで、うちで面倒を見てあげることにしようかねぇ」

母の承諾を得られたとたん、セシルの顔にパッと喜色が広がった。

「ありがとう、母さん！」

喜びのまま母に抱きつくと、釘を刺すようにこう言われる。

「ただしさっきお前も言った通り、うちにいる間は、彼にもしっかり店の手伝いをやってもらうからね」

「もちろんよ！　わたし、さっそくヴィーに伝えてくるわ！」

やれやれとばかりに見送るカーラを背に、セシルは階段を素早く駆け上る。

一息に二階へ到着し、勢いよく空き部屋の扉を開けた。

そして彼の両肩に手を置くと、息を弾ませながら、母から許可を得たことを報告した。

「大丈夫。母さんが、あなたをここに置いて良いって！」

「……っ、本当か」

感極まった声と共に引き寄せられたかと思えば、セシルの背にヴィーの腕が回る。そのまま力強く抱きしめられ、セシルは一瞬、自分の身に何が起こったのか分からなかった。

「ありがとう、本当にありがとう、セシル」

「あ、あの……ちょっ……」

厚い胸板と、男らしくがっしりとした腕の感触。抱きしめられているのだと自覚したとたん、セシルの頬が熱くなる。

自分くらいの年頃であれば、この程度の異性との接触など、とっくに経験済みなのだろう。

けれど、セシルは違う。男の人に抱きしめられたのなんて初めてで、心臓がかつてないほど高鳴った。

「あ、ああ、すまない、苦しかったか」

セシルの顔が赤くなったのを別の理由と勘違いして、ヴィーが謝ってくる。照れていると知られるのがなんだか恥ずかしくて、セシルは何ともない風を装《よそお》った。

「べ、別に良いのよ。そんなことより、体が治ったらお店の手伝いをお願いね」

「お安い御用だ。薪《まき》割りでも水汲みでも、何でもやるさ」

かくして、記憶喪失の『ヴィー』と、セシルたちとの共同生活が始まったのであった。

セシルが身元不明の男を保護したという話は、その日のうちに村中を駆け巡っていた。

何せ小さな村だ。人口が少ない分、あっという間に噂は広まってしまう。

ひと目そのよそ者を見ようと、このところ『七つの波止場亭』には大勢の客が押し寄せていた。

「おい、セシル。例の男はどこなんだい」

「まだ意識が戻ったばかりだから、二階で休んでるわ」

「そうかい。ちょっと見ないくらいの大男だって聞いたから、それなら一度見てみたいもんだと思って来たんだがな」

「もうしばらくしたらここで働き始めるから、そうしたら嫌でも見ることになるわよ」

来る客、来る客、誰もがヴィーのことを尋ねてくる。

やはり皆、よそ者が珍しくて仕方がないのだ。

セシルはヴィーのことを聞かれるたび苦笑しつつ、毎回同じような答えを返していた。

「母さん、またヴィーを見てみたいってお客さんが来たわよ」

「おやおや、ヴィーは大人気だね」

流し台に空いた皿を運びながら報告すれば、母も困ったように笑っている。

「お客さんが増えるのは嬉しいけど、これじゃ休む間もないねぇ」

ふう、と溜息を吐き、カーラが額《ひたい》の汗を拭《ぬぐ》う。その顔色がいつもより少し白く見えて、セシルは心配になってしまった。

このところ客が増えたせいもあり、カーラは一日中働きっぱなしだ。

もう歳も歳だし、店休日を増やしたら良いと以前から言っているのだが、なかなか頷いてくれない。

「母さん、大丈夫？　少し疲れてるんじゃない？　何なら、店を数時間閉めて休んでも……」

「何言ってるんだい、大丈夫だよ。私の料理を食べたいってお客さんが来てくれるからには、頑張って働かなきゃね」

「そう……。でも、あまり無理しないでね」

不安に思いつつも、もうしばらくすればヴィーも手伝いに入ることだし、母の負担も軽くなるだろうと自分を納得させ、セシルはでき上がった料理を手に店へ戻っていった。

――一騒動が巻き起こったのは、その日の夜のことであった。

夕刻になり、酒場としての営業を開始した『七つの波止場亭』は、いつも通り仕事帰りの客で賑《にぎ》わっていた。

ただ少しだけ違ったのは、この店の料理の評判を聞きつけ、隣村から数名の農夫たちがやってきていたことだ。

よそ者をあまり歓迎しない風潮のあるメレル村とはいえ、近隣の村とは良好な関係を築いている。有事の際に助け合うためだ。

初めは農夫同士、ほろ酔い気分で機嫌良く作物の話などをしていた。

しかしセシルの知らないうちに、彼らの間で何か諍《いさか》いが起こったらしい。気づいた時には、店内で客同士の殴り合いが勃発《ぼっぱつ》していた。

「てめえ、もういっぺん言ってみろ!」

「ああ、なんべんだって言ってやらあ! お前ンとこの人参より、うちの人参のほうが何倍も甘くて美味《おい》しいんだよ!!」

どうやらどちらの作った野菜が美味《おい》しいか、という話からこんな騒動に発展してしまったらしい。

当事者同士だけでなく、互いの仲間まで参加しての殴り合いに、店内は蜂の巣をつついたような騒ぎになっている。

椅子はひっくり返るわ、瓶は床に落ちて割れるわ、料理は皿から零れるわ、とにかくひどい有様だ。

「ちょっとアンタたち、やめとくれ！　店が滅茶苦茶になってしまうよ！」

「うるせぇ、女将《おかみ》は黙ってろ!!」

普段は温厚な村人も、今は頭に血が上っているのか、カーラの言うことを聞こうともしない。

酔いの回った客たちは、喧嘩をはやし立てるばかりで役に立たない。ここは外に助けを呼びに行くべきか――セシルがそう逡巡《しゅんじゅん》した時だった。

「これは何の騒ぎだ」

階段のほうから低い声が聞こえ、ヴィーが冬眠明けの熊のようにのっそりと姿を現した。

「ヴィー！」

咄嗟《とっさ》に助けを求めようとして、セシルは慌ててその言葉を呑み込んだ。ヴィーは、まだ寝ていなければならない身なのだ。

「な、何でもないの。ちょっとした言い争いというか」

「俺の目には、どう考えてもちょっとした言い争いには見えないがな」

「うっ……」

口ごもった瞬間、ガシャーン、と派手な音がして窓ガラスが割れる。客の投げた椅子が、窓に当たったのだ。

これにはさすがのセシルも黙っていられなかった。

「ちょ、ちょっと！　いい加減にして！」

大柄な農夫たちを相手に声を張り上げるのは怖かったが、店を守らねばならないという気持ちが勝った。

小さくとも、ここは父が残してくれた財産で築いた大事な店なのだ。これ以上、滅茶苦茶にされるわけにはいかない。

「け、喧嘩なら外でやってちょうだい！　迷惑よ!!」

「うるせぇ、子供は黙ってろ!!」

隣村からやってきた農夫が、真っ赤な顔でセシルを怒鳴りつける。今にも殴りかかってきそうなほどの剣幕に、セシルはびくりと震えて足を一歩引いた。

だが、農夫の威勢が良かったのもそこまでだった。

次の瞬間、セシルの前に飛び出したヴィーが、農夫の襟首を掴んでドンと壁に押さえつけたのだ。

「ヴィー⁉」

「下がっていろ、セシル」

ヴィーはセシルを振り向きそう言うと、すぐにその鋭い瞳を農夫へと戻した。

背中をしたたかに壁にぶつけ、農夫の喉からはうめき声が上がる。

「う……ぐっ……」

農夫もそれなりに大柄だったが、ヴィーの体格はその比ではなかった。

農夫の襟首を掴んだヴィーの腕にぐっと力がこもる。すると農夫の足は完全に床から浮き、空中で泳ぐようにじたばたと暴れた。

押さえつけた相手を冷徹な瞳で見据えながら、ヴィーは低い声で告げる。

「……これ以上この店に迷惑をかけるつもりなら、俺が相手をしてやろう。どうだ、表へ出るか。言葉で分からないのなら、拳で分からせてやるが」

ヴィーの問い掛けに、哀れな農夫は首の絞まった状態で、何とか首を横に振る。

「では、今日は大人しく帰ってもらおう」

ヴィーがぱっと農夫から手を離す。

どさり、と床に落ちた農夫は、そのまま脇目も振らず一目散に出て行った。その後を、仲間たちが慌てて追う。

残された客たちは皆、ぽかんと口を開けてこの見知らぬ大男を見つめていた。

対してヴィーはというと、自分に視線を送る人々をちらりと一瞥《いちべつ》すると、素っ気なく言い放つ。

「今日はもう店じまいだ。異論のある者は、俺の所まで来い」

その言葉に誰もが首を横に振り、逃げるように去って行った。

今、いったい何が起こったのだろう。

毎日の畑仕事で鍛えられているはずの農夫を、あんな風にいとも簡単に持ち上げることができるなんて。

セシルと同様に、カーラもまた呆けた顔でヴィーを見つめている。

やがてヴィーは淡々と、倒れた椅子やらテーブルやらを元の場所へと戻し始めた。

ガタガタ、とそれらを移動させる音を、しばらくぼんやりと聞いていたセシルだったが、ハッと我に返る。

「ヴィー！　駄目よ、あなたは安静にしていなくちゃいけないんだから」

「だが、店がひどい有様だ」

「そんなの、わたしと母さんで片付けるから！　あなたは寝てて！」

ほらほら、とヴィーの背を押し、無理やり階段を上らせる。

空き部屋の寝台にきちんと横たわるところまで確認すれば、彼は苦笑しながら溜息を吐く。

「やれやれ、セシルは厳しいな」

そのおどけたような表情は、先ほど農夫を追い出した時の彼とはまるで別人のようだ。

「そんなの、あなたが病人のくせに無茶するからでしょう」

つい厳しい口調で言ってしまったが、すぐに後悔する。彼の体調を心配してのこととはいえ、せっかく助けてもらったのに礼すら言わずにお小言なんて、あんまりな態度だった。

ヴィーが怒っていないか気になったが、彼はもうセシルに背を向けて眠りの体勢に入っている。

眠るところを邪魔するのも悪いと、セシルは黙って扉を閉めた。

一階に戻ると、カーラが箒《ほうき》とちりとりを手に、飛び散ったガラスを片付けているところだった。

怪我人が出なかったのは幸いだったが、店はひどい有様だ。瓶は砕け、窓ガラスは割れ、椅子は脚が折れている物もある。

今まで客同士の喧嘩は何回かあったが、これほどの被害が出るのは初めてだ。

「やれやれ……。こんなにされちゃ、後片付けが大変だねぇ」

明らかに気落ちしている母を励《はげ》ますため、セシルはあえて明るい声を出した。

「母さん、心配しないで。朝になったらすぐにピートさんのところに行って、修理しに来てもらうから」

「そうだねぇ、そうしてもらおうかねぇ。……っ」

「母さん？」

突然顔をしかめて額《ひたい》を押さえた母に、セシルは慌てて駆け寄り、手近にあった椅子を差し出した。

「座って。大丈夫？　具合でも悪いの？」

「ああ……大丈夫だよ。ちょっと立ちくらみがしただけさね」

カーラは微笑んでみせるが、その表情はどことなく弱々しい。

セシルは母の手から箒《ほうき》を受け取ると、近くの壁に立てかけた。

「さっきの騒ぎで疲れたのよ。片付けはわたしに任せて、母さんはもう休んで」

「でも、お前ひとりに任せるわけには……」

「平気よ。お皿洗いはほとんど終わってるし、後はテーブルと椅子を元の場所に戻すくらいでしょう？　心配ないわ」

ひとりでも大丈夫だということを示すため、セシルはどんと自らの胸を叩いてみせる。

それでもまだ母は心配そうにしていたが、「母さんが倒れたら、料理を楽しみにしてくれている人たちが悲しむわよ」というセシルの言葉に、ようやく引き下がってくれた。

母が階段を上り終えるのを階下から見届け、セシルはテーブルや椅子を運び始める。

正直に言えば、ひとりで運ぶのは少々重かったが、母を休ませるためと思えば何てことはない。

ようやく片付けを終える頃には、セシルの額《ひたい》からは滝のように汗が流れていた。

ひとりきりの店内で、セシルは手ぬぐいを水に浸《ひた》し、絞ったそれで汗を拭く。冷たい感触が心地よく、ふぅ……と溜息が零れた。

「あぁ、疲れたー……」

空いた椅子に腰かけながら、力仕事で強張《こわば》った肩を叩く。

今日は、思わぬ騒動で心身共に疲弊《ひへい》してしまった。今すぐにでも部屋に戻って眠りたいところだが、こんな汗と埃塗《ほこりまみ》れの体で寝台に入るわけにもいかない。

「お風呂、入らなきゃ……」

できるだけ足音を立てないよう階段を上り、自室に戻って着替えを用意してから浴室へ向かう。

「片付けは終わったのか」

「きゃっ」

脱衣所の扉を開けようとした瞬間、声を掛けられ、心臓が飛び跳ねた。

ヴィーが、部屋の扉を開けて立っていたのだ。

まさかまだ起きているとは思わず、セシルは目を大きく見開く。

「び、びっくりした。どうしたの？」

「ああ、驚かせてすまない。……なかなか、寝つけなくてな」

「もしかして片付けの音、うるさかった？　ごめんなさい」

できる限り音を立てないようにと気をつけていたのだが、二階まで響いていたのだろうか。

不安になって問い掛けると、ヴィーは首を横に振って笑った。

「いや、そのせいじゃない。先ほどの一件で、少し気が立っているみたいだ。すぐに収まる」

「そう……。それなら良いんだけど」

「それよりも、君のほうは怒っていないのか？」

「わたしが？　どうして？」

なぜ自分が怒らねばならないのかさっぱり理解できず、セシルは質問に質問で返す。

するとヴィーは、少し困ったように眉を下げた。

「お客に、手荒な真似をしてしまったから。余計なことをして機嫌を損ねたのかと思って」

「あ……」

もしかして彼は、セシルがつっけんどんな態度を取ったのを見て、怒っていると勘違いしたのだろうか。

「ち、違うの！　怒ってなんかないわ！」

セシルは反射的に、否定の声を上げていた。

客であれば何をしてもいいわけではないし、あそこでヴィーが止めてくれなければ、きっと被害は更に大きくなっていたことだろう。最悪、セシルたちにも被害が及んでいたかもしれない。

助けてくれたヴィーに対しては、心から感謝しているのだ。

「あなたのおかげですごく助かったわ、ありがとう。お礼を言うのが遅れてごめんなさい」

「だが……」

「さっきは、ヴィーの体調がこれ以上悪化したら大変だと思って、ああ言っただけで……。本当に助かったと思ってるの」

「――俺のことを、心配してくれたのか」

そう直球で聞かれると気恥ずかしいのだが、これ以上ヴィーを落ち込ませるのも申し訳ないので、素直に頷いておくことにした。

「そ、そうよ。だから、お医者様がもう大丈夫だって仰《おっしゃ》るまでは、あまり無茶しないで。今日も、できるだけ早く寝てね」

「ああ、分かった。セシルがそう言うのなら。……おやすみ」

そう告げて、ヴィーはようやく部屋へ引っ込む。セシルが怒っていないのだと知り、心底安堵した様子だった。

気が立って眠れないと言っていたが、本当はそのことが気になって眠れなかったのではないのだろうか。大柄で力持ちなのに繊細な部分もあるなんて、意外だ。

記憶をなくす前の彼も、そういう人物だったのだろうか。

――それとも、まったく違う性格をしていたとか？

「……こんなこと、考えても仕方ないわね」

セシルがどんなに思いを巡らせても、彼の記憶が戻ってくることはない。それにたとえ彼の過去を知ったところで、セシルには関係のないことだ。

今、彼は『ヴィー』としてこの家にいて、共に生活している。それだけで充分ではないか。


その一週間後、ようやくヴィーは『七つの波止場亭』で働き始めた。

この体調ならもう大丈夫だと、医師のお墨付きももらっている。

待ちに待ったよそ者の姿を見ようと、その日は朝からひっきりなしに客が訪れていた。見物人が多すぎて店内に入りきらないほどである。

「おお、あれが新入りかい」

「記憶喪失だって聞いたが、本当かねぇ」

新入りの大男に、客たちは興味津々《きょうみしんしん》だ。

おっかなびっくりといった様子で、遠巻きに彼のことを眺めている。

それは単に、よそ者を警戒しているというだけでなく、ヴィーの研ぎ澄まされた雰囲気に気圧《けお》されているという理由もある。

そんな中で一番興味を示したのは、女たちである。村の男とはまた違う、洗練されたヴィーの精悍《せいかん》さに、ぽうっと頬を染めて見入っていた。

見物人たちを適当にあしらいつつ、セシルはヴィーに仕事の手順を一から教えていく。

水汲みに、皿洗い、給仕に掃除など、彼はどんな仕事でも器用にこなした。特に助かったのはやはり、大きな小麦袋を小屋に持っていくといった力仕事だ。

セシルが顔を真っ赤にして引きずりながら運ぶそれを、ヴィーは軽々と肩に持ち上げることができる。水汲みも、なみなみと水の入ったバケツを一気に四つも腕にかけて、川から家まで運ぶ。薪《まき》割りの時なんか、土台にしていた切り株まで真っ二つにしてしまい、その後の作業が大変になったほどである。

なんて力持ちなのだろうと、セシルは思わず感心してしまった。

農作業で鍛えた村の男たちでも、きっとヴィーほどの馬鹿力はあるまい。

「ヴィー！　晩ごはんよ」

「ありがとうセシル。もう腹ペコだ」

「一日中、働きっぱなしだったものね」

料理をテーブルに置き、セシルはさっさと椅子に腰かけた。

最後の客が帰ったばかりで、もう店内にひと気はない。調理場から、カーラが皿洗いをしている音が響いてくるだけだ。

これでようやく夕飯を食べることができる。

ヴィーはセシルの向かいの席に腰かけ、スプーンを手にグラタンを頬張り始めた。

今夜の献立《こんだて》は、鮭のグラタンときのこのスープ、それから塩パンだ。長時間労働を終えたばかりなので、味付けは少し濃い目にしてある。

「どう?」

ドキドキしながら聞けば、ヴィーは笑顔で頷いた。

「ああ、とても美味《うま》い」

「ほんとに!?　良かった。それ、わたしが作ったの」

セシルは大げさなほどに胸を撫で下ろす。

昔から母に習って料理の腕を磨いていたものの、その腕前は母に遠く及ばない。まだ店に出せるほどではないため、こうしてまかない料理を作り練習していたのだ。

「女将《おかみ》さんは厳しいな。俺だったらこんな美味《おい》しい飯、毎日でも食べたいと思うが」

「え……っ」

思いも寄らぬ言葉に、セシルは一瞬言葉を失ってしまう。

ごはんを毎日食べたい、だなんて、まるで求婚の言葉みたいだ。

「俺が貴族なら、料理人として君を雇っていただろうな」

「あ、ああ！　料理人ね、そうね、ありがとう！」

あっさりとしたヴィーの言葉に、セシルは自分の早とちりに苦笑した。

なんだ、そういう意味だったのね。わたしったら、ひとりで慌てて恥ずかしい。

そんなセシルの勘違いには気づかず、ヴィーは「そういえば」と話題を変える。

「このところ村人たちが、よく『豊穣祭《ほうじょうさい》』の話をしているようだが、いったいどういう祭りなんだ？」

「ああ、豊穣祭《ほうじょうさい》は秋の収穫を祈願するお祭りで、毎年この時期に開催されるのよ。もしかしたら、ヴィーの住んでいた場所にも似たようなお祭りがあったかもしれないわね。——そうだ、お祭りに行ってみたらどうかしら！　記憶を取り戻すきっかけになるかも」

「ああ、そうだな……」

失った記憶を手繰《たぐ》り寄せるように、ヴィーが遠くを見る。

心のどこかに残っているであろう過去に思いを馳《は》せているのか、憂《うれ》いのある横顔に、セシルはどきりとした。

ここで彼を預かってから、何度かこんな顔を見たことがある。

そんな時は、彼が知らない人に見えた。このままどこか、手の届かない遠い場所へ行ってしまうかのような……

「――セシル、どうした？」

「えっ？」

「何か、ぼうっとしていたようだったが」

気づけばいつの間にか食事の手が止まっていた。ヴィーが心配そうに覗き込んできている。

「なっ、なんでもないの！」

ヴィーのことを何も知らないのが寂しいなんて、口にできるはずがない。

だってもともと、ヴィーはここにいるべき人じゃないんだもの。

セシルは慌てて首を横に振り、塩パンに噛《かぶ》りつく。母特製の塩パンは、なぜかいつもよりしょっぱく感じられた。


その翌日も、彼目当てで来る客――主に女性だ――の数が減ることはなかった。

特に積極的だったのは、村で一番の美人と謳《うた》われる娘、マノンだ。

食事を終えた彼女は、うっとりとした表情でヴィーの茶色い瞳を見つめ、肉厚の唇から媚《こ》びるような声を出す。

「ねえ、ヴィーさんはおいくつなの？　恋人はいらっしゃる？」

「すまないが、ここに来る前の記憶がないんだ」

「まあ、それはお気の毒なことを聞いてごめんなさい。でも、よろしければいつでも私がお慰《なぐさ》めして差し上げるわ」

ヴィーが記憶喪失だということは、とっくに村中に知れ渡っている事実だ。なのに、マノンの口にした言葉のなんと白々しいことだろう。

彼女はそのままヴィーの手を取り、豊満な胸を押しつけるようにして握りしめる。

苦笑しつつもヴィーがその手を振り払わないのを見て、マノンは気を良くしたようだ。

ヴィーの手が谷間に沈む。

その瞬間、それまで黙って見ていたセシルはわざとマノンとヴィーの間に割って入り、会話の邪魔をする。

「マノン、まだヴィーは仕事中なのよ。それに食事が終わったなら席を空けてくれないと、次のお客さんが待ってるんだから」

むすりとしながら空いた皿を片付けるセシルに、マノンは不満も露《あら》わに食って掛かった。

「何よセシル！　こんな色男見る機会なんて滅多にないんだから、ちょっとくらい長居させてくれても良いじゃないの」

「そうよそうよ、アンタばっかりずるいわよ！」

マノンの非難を皮切りに、他の娘たちもセシルのことを姦《かしま》しく責めたてる。ヴィーに見せる猫かぶり顔とは正反対の表情に、セシルは呆れるしかなかった。

ずるいなんて言われても、仕方がないじゃない。気の毒に思って、面倒を見ているだけなんだから。

「ねえ、ヴィーさん。セシルって口うるさいでしょう？　いつでもうちに来て下さって構わないのよ」

「あら、うちでも良いのよ！」

「いや……俺は、この店の手伝いがあるから」

やんわりと角が立たないよう断るヴィーの姿に、セシルは少しだけほっとする。

女たちは残念そうに「えー」と声を上げたものの、これ以上いてもどうにもできないと思ったのだろう。セシルを睨《にら》みながら店を出て行った。

そのとたん、客たちの間から冷やかすような声が上がる。

「よう兄ちゃん、色男は大変だな」

「セシルも、取られたくないならしっかり唾《つば》つけとけよ！」

「そ、そんなんじゃないわよ。勝手に勘違いしないで」

ヴィーの前で何てことを言うのだと、セシルは慌てて反論する。

小さな村には娯楽が少ない。だから他人の色恋というものは、村人の格好の餌食《えじき》となってしまう。それが誤解だろうが真実だろうが関係ない。皆が楽しめれば良いのだ。

顔を赤くしてもごもごと反論するセシルとは正反対に、ヴィーは大人の余裕とでもいうのか、苦笑しつつ受け流している。

セシルは調理場にヴィーを引っ張っていくと、こっそりと彼に注意をした。

「ヴィーも何とか言わないと、変な勘違いされちゃうじゃない」

「ああいう場合はムキになって否定すると、余計に面白がられるだけだ」

「ヴィーの言う通りよ、セシル。受け流すくらいがちょうど良いのよ」

シチューの入った鍋をかき混ぜながら、カーラがヴィーを援護する。

「母さんまで……！」

普通こういう場合、娘の味方をするものではないのだろうか。

母が自分の味方をしてくれなかったことに少々失望しつつ、セシルは再びヴィーに向き直る。

「と、とにかく、今度からはちゃんと否定してよね。ヴィーだって困るでしょう？」

「困る？　どうして」

「どうしてって、それは……」

ヴィーは記憶がないだけで、妻や子供がいるかもしれないのだ。自分なんかと妙な噂がたっては、のちのち困ったことになるではないか。

だが、それをそのまま口にすれば、セシルがヴィーのことを意識していると思われかねない。セシルは言い淀むしかなかった。

　それなのに、ヴィーはさらりとこんなことを言ってのける。

「俺は別に構わない」

かぁっ、と、頬が熱くなった。

構わないというのはどういう意味なのか。

つまりは自分とそういう関係になっても良いということなのだろうか。

そんな考えが、セシルの頬をますます火照《ほて》らせる。

熱くなった頬を冷まそうと両手で触れるセシルの姿に、ヴィーはクッと喉を鳴らして笑った。

「真っ赤になって可愛いな」

「なっ……！」

セシルは絶句した。からかわれたのだ。

見れば、カーラまで一緒になって笑っている。

それは微笑ましげな笑いで、決して馬鹿にするようなものではない。が、自分だけが狼狽《うろた》えているのが悔しかった。

「か、からかわなくても良いじゃない……」

悔し紛れにヴィーを睨《にら》み、逃げるように調理場を出ると、ちょうどカランカランと軽《かろ》やかな鈴の音を立てて、扉が開いた。

入ってきたのは、ジョシュと仲間たちだ。

「……いらっしゃい」

たった今あのような出来事があって、それでもなお愛想良くできるほどセシルは人間ができていない。

つい不愛想な挨拶《あいさつ》をしたセシルに、ノックスとフェイグは目を丸くして驚いている。

そして、どうやら今日は虫の居所が悪いらしいと、目くばせをして注意し合う。

ただひとり、空気を読めないジョシュだけが、のんきに笑っていた。

「お、なんだお前。機嫌悪いな？　財布でも落としたか」

するとお節介な中年男性が、店の外にも聞こえるほど大きな声を上げる。

「セシルは今、やきもちを焼いてるんだよ」

「やきもちぃ？」

「ほれ、新入りの……ヴィーとか言ったか。あの兄ちゃんが、別の女たちに取られそうなもんだからよ」

「ち、違うったら！」

　年頃の娘というのは、色恋のことでからかわれることを極端に嫌う、特有の潔癖さがある。もちろんセシルも例に漏れない。

　だが機嫌が悪いのは、セシルだけではなかった。彼女に片思いをするジョシュもまた、強敵の登場にムッと唇を尖《とが》らせている。

　彼はそのままセシルの腕を取ると、店の隅まで引っ張っていき、他の客に聞こえないくらい小さな声で耳打ちした。

「お前、悪いこと言わないからやめとけ、あんな素性の知れないやつ。どこで何してたか分かったもんじゃねぇぞ」

「どういう意味よ？」

「運んだ時に見たんだよ。あいつ、切り傷とか矢傷とか、体中傷だらけだぞ。きっと、盗賊かなんかしてついた傷に違いねぇ」

ひそひそと囁《ささや》く声に、セシルは調理場から料理を運んできたヴィーをちらりと見た。

確かに、世話をした時にセシルもその傷を見ている。

だからと言って、それだけを理由に盗賊扱いだなんて、いくらなんでも短絡的すぎではないだろうか。

「ヴィーは悪い人じゃないわよ」

「出会ってたった一週間やそこらの人間の何が分かるってんだよ？　見ただろ、あいつの脛《すね》に傷があるの！　脛《すね》に傷持つ人間に碌《ろく》な奴はいねぇって昔から言うんだよ」

「確かにヴィーの脛《すね》には傷があるけど、そういう物理的な話じゃないんじゃ……」

「細かいことは良いんだよ！　だいたい、あいつ体調はもう問題ないんだろ？　さっさと追い出せよ」

「なんでいちいちジョシュが口出しするのよ？」

セシルは眉間に皺《しわ》を寄せる。

心配してくれるのはありがたいが、ヴィーがこの家にいることでジョシュが何か不利益を被《こうむ》るわけでもないというのに。

そんな指摘に、ジョシュは頬を染めた。

「か、関係ないだろ！」

「それはこっちの台詞《せりふ》よ、何トンチンカンなこと言ってるの」

呆れたように言えば、ジョシュはもう何も言わなかった。

よそ者が気に食わないのは分かるが、もう少し大らかになればいいのに。

ヴィーは、先ほどのようにたまにセシルのことをからかったりして面白がるが、基本的には善人だ。店の手伝いも嫌な顔ひとつせずしてくれるし、気も使ってくれる。

「ヴィーはすごく良い人よ。店の仕事も頑張ってくれるし。先日も、酔っ払いのお客さんたちが喧嘩を始めた時、止めに入ってくれたの」

「喧嘩ぁ？」

「ええ、そう。少し前、ちょっとした騒動があったのよ。隣村からやってきた農夫のおじさんと、常連のお客さんが掴み合いをして大変だったんだから。でも、ヴィーが追い出してくれたおかげで、危ない目に遭わずに済んだのよ」

「……別に、そのくらい俺にだってできるさ」

つまらなさそうなジョシュの様子には気づかないまま、セシルはきらきらと目を輝かせて話を続けた。

「あら、ジョシュには無理よ。だってヴィーったら、大の男の襟首を掴んで、宙に持ち上げたのよ。それも、軽々と！　すごく格好良かったんだから」

ヴィーの頼もしい姿を思い出し、セシルの口元が自然と弧を描く。

だが、そんなセシルを見るジョシュはどことなく鼻白んだ様子である。

「ふん、ちょっと顔が良くて力が強いからって、あんなやつのどこが良いんだか」

吐き捨てるようにジョシュが言ったとたん、ぬっと視界に影が差した。

「褒めてくれてどうもありがとう、ジョシュ……だったかな？」

セシルもジョシュも、ぎょっとしてヴィーを振り仰いだ。

いつの間にかヴィーがそこにいて、窓から差し込む光を遮《さえぎ》っている。

いったいいつから聞いていたのだろう。

陰口をその本人に聞かれてしまったことに、ジョシュは一瞬たじろいだ。が、ここで引き下がっては男がすたるとでも思ったのか、気丈にもヴィーを睨《にら》みつける。

負けん気だけは強い青年なのだ。

「別に、褒めてなんかねーよっ！」

「そうなのか？　顔が良いと言ってくれたように聞こえたが……」

「調子に乗るな！　ただの言葉のあやなんだからな！」

言って、ジョシュはヴィーの胸倉を掴む。

村の男たちの中では平均的な身長でも、ヴィーを前にすると小男にしか見えない。胸倉を掴んでいるというよりは、むしろぶら下がっているかのようだ。

いまひとつ様《さま》になってはいないが、勢いだけは一人前に、ジョシュが詰め寄る。

「おいお前、セシルに妙なことしたらこの俺が承知しねぇぞ！」

「……妙なこと？」

ヴィーは虚を突かれたような顔をした。何を言われたのか一瞬分からなかったようだ。が、すぐに豪快な笑い声を上げると、まじめくさった声で言った。

「心配するな、子供には手を出さない」

子供。その言葉が小さな棘《とげ》のように、セシルの胸に突き刺さる。

確かにヴィーは見ている限り、セシルよりずっと歳上だ。けれど、この村で十八歳は充分に大人として扱われる年齢であり、同世代の娘の中にはすでに子供を産んだ者もいる。

なのに子供だなんて、あんまりだ。

それとも、いちいちそんな言葉ひとつに目くじらを立ててるから子供なのだろうか？

わたしと同い歳のマノンには、あんなにデレデレしてたくせに。

セシルはジョシュとヴィーの言い争いを止めることも忘れて、調理場へ駆け戻った。

「母さん、わたしも手伝うわ」

「おや、そうかい。それじゃ、そこにある野菜を切っておいておくれ。シチューに入れる分だから、乱切りで良いよ」

籠《かご》の中には山盛りにされたニンジンやじゃがいも、玉ねぎなどがある。今のうちに、明日の仕込みをしておくのだ。

「ええ、分かったわ」

セシルは、包丁を取り出して一心不乱に野菜を切り始めた。

野菜は乱切りどころか見る間にみじん切りの山となっていくが、それでもセシルは手を休めない。

いつも村の男たちから「嬢ちゃん」と子供扱いされてもこんな気持ちにならないのに、なぜだか、ヴィーにそう言われたのが無性に悔しかった。

マノンとヴィーがふたりきりで話しているのを見たのは、その日の午後のことだった。

魚を捕りに行ったヴィーが、いつまで経っても戻ってこない。それを心配したセシルは、仕込みを抜け出して様子を見に行った。

もし、ヴィーがまた溺れでもしていたら大変だ。今度は助からないかもしれない。

裏口から出て、川へ向かおうと森の入り口に足を踏み入れたその時、セシルの耳に誰かが会話する声が聞こえてきた。

ひとりは、ヴィーだ。そしてもうひとりは……

「――マノン？」

よく見れば森の向こうに、ヴィーにまとわりつくマノンの姿があった。

セシルは反射的に大木の陰に身を隠し、こっそりとその様子を見守る。

ヴィーは右手に魚の入っているであろうバケツを持っており、空いた左手にマノンが腕を絡めていた。

マノンは満面の笑みで、ヴィーも微笑を浮かべている。ふたりの様子はどこか親密そうに見え、セシルは胸に棘《とげ》が刺さったかのような心地になった。

見られているとも知らず、マノンは楽しそうにヴィーに話し掛けている。そして、ヴィーの腕に自慢の胸をぎゅっと押しつけながら、潤《うる》みがちの瞳にねだるような色を浮かべた。

それは異性にとって、この上なく魅力的な表情だっただろう。

「ねえ、ヴィーさん。よかったら今度のお祭り、私と一緒に回りましょうよ」

「ああ、セシルから教えてもらった例の豊穣祭《ほうじょうさい》だな。来週だそうだな」

「ええ、この村で一番大きなお祭りなの。でも、一緒に行ってくれる人がいなくて……」

マノンは寂しげに目を伏せる。知らない人が見れば、健気《けなげ》な娘と思うことだろう。

しかし、セシルは知っていた。年頃の男たちは皆、この村で一番美人な彼女と共に祭りへ行きたがっているのだ。

それを無下《むげ》に断っているのは、ほかでもないマノン本人である。「一緒に行ってくれる人がいない」なんて真っ赤な嘘だ。

「だから、ヴィーさんとふたりで行けたらと思って」

マノンの誘いなんて断って、と心の中で強く願ったのも虚《むな》しく、ヴィーは苦笑しながら頷いた。

「ああ、考えておく」

その返事に、セシルの胸がズキンと痛む。

もしかして、マノンと行くつもりなの？……わたしが、誘おうと思っていたのに。

実はまだ本人には伝えていなかったが、先日、カーラから提案があったのだ。

店を手伝ってもらっているお礼に、ヴィーを祭りに連れていってはどうか。その日は店の手伝いを忘れて、彼に気晴らしをさせてあげたら良い、と。

自分から誘うのは勇気のいる行為でも、「母さんがこう言っていたから」という言い訳さえあれば何とかなる。

だから、今日店が終わった後にヴィーを祭りに誘おうと思っていたのに、よりにもよってマノンに先を越されるなんて……。

セシルがマノンに敵《かな》うところなど、料理の腕くらいしかない。他は顔も、胸の大きさも、女性らしさも、全てにおいて負けている。

ふたりが並んで歩いているところを想像するだけで居たたまれなくなり、セシルは踵《きびす》を返して店のほうへ駆け戻った。

駆けている最中、ずっと、先ほどヴィーが口にした返事が頭の中をぐるぐると巡る。

『ああ、考えておく』

満更でもなさそうな態度だった。

わたしも、マノンみたいに美人で胸が大きかったら良かったのに。

そんな、自虐的な考えが胸にぽつりと浮かぶ。

こんなことになるなら、もっと早く誘えば良かった。後悔する気持ちや、マノンに対する嫉妬が胸の中で渦《うず》巻いている。

でも、とセシルはぴたりと歩みを止めた。

ヴィーが誰と祭りに行こうが、それは彼の勝手だ。ヴィーが行きたい人と行けば良いし、それはセシルの関与するところではない。

頭では分かっているはずなのに、どうしてこんなにも悲しいのだろう。

店へひとりで戻ったセシルを、カーラは不思議そうな顔をして出迎えた。

「おや、どうしたんだいセシル。ヴィーは？」

「う、うん。ちょっと……村の人と話しているみたい」

マノンの名前を出せば、先ほどのもやもやとした感情がまたこみ上げてきそうで、セシルは曖昧《あいまい》に答えて微笑んだ。

だが、さすが母親だ。カーラはセシルの浮かない様子を見て、その理由に気づいたらしい。

「村の人って、もしかしてマノンかい？」

「どうして分かったの……⁉」

「お前は、マノンとヴィーが話していると、毎回そんな顔をするから」

そんな顔って……と、セシルはぺたぺたと自分の顔を触る。自分では取り繕《つくろ》えているつもりだったのに、端《はた》から見ればそんなに分かりやすかったのだろうか。

「だって、マノンったらいつもヴィーの仕事の邪魔をするし……」

言い訳がましくそんなことを呟《つぶや》けば、カーラは微笑ましげな表情を浮かべた。

「お前は、本当にヴィーのことが好きなんだねぇ」

「えっ？」

思いも寄らぬ母の言葉に、セシルはきょとんと目を見開く。

そんなセシルの反応に、カーラも意外そうな顔をしていた。

「どうしたんだい、驚いたような顔して」

「そ、それは、母さんが変なこと言うから……」

「だってそうだろう。マノンと話しているのが気に食わないってことは、お前がヴィーを、他の人にとられたくないと思っているってことだよ」

当然のように放たれた一言が、じわじわとセシルの胸に染みこんでいく。

――とられたくない？　わたしが、ヴィーを？

「わたしは、ヴィーが好きなの……？」

母に聞こえないよう呟《つぶや》く。

そうして、自分の中に答えがひとつしかないことに気づき、頬がかっと熱を持った。

「セシル、どうしたんだい？」

黙って立ち尽くす娘に、カーラが声をかける。

「な、何でもない！」

動揺を隠すために早口で答えたセシルは、仕込みに戻ろうと鍋に入ったままのお玉を手に取る。

今はとにかく仕事に集中しよう。考えるのは後でもできる。

「母さん、これの味付けって――」

質問しようと振り向いた、その時だった。

カーラの体が、まるで糸が切れたようにぐらりと傾《かし》いだのは。

「母さんっ⁉」

母はそのまま、どさりと床に倒れ伏した。

慌てて駆け寄り揺さぶるが、カーラは青ざめた顔で荒い息を繰り返すばかりで、返事をしてくれない。

一瞬で全身の血の気が引き、心臓が凍《こご》えたような錯覚に陥《おちい》った。

「母さん！　しっかりして、ねえ、母さん‼」

セシルは医者を呼ぶことすら忘れて、ただひたすら母親の体を揺さぶりながら、呼びかけ続けた。

どうしよう、どうしよう、どうしよう。もし、このまま母さんが死んでしまったら――！

そんな不安で頭の中が真っ黒に塗り潰されそうになる。

母が疲れていることは、近頃の彼女の様子を見ていれば明らかだった。それなのにどうしてもっと強く、休みを取って医者にかかるように言わなかったのだろう。

「……セシル？」

カタン、と背後で扉の開く音がして、セシルはハッとして振り向いた。

そこにはヴィーが立っていた。傍《かたわ》らにはすでにマノンの姿はない。

返事をするより早く、倒れたカーラに目をやった彼は、顔色を変えてセシルのほうへやってくる。

「何があった？」

「わ、分からないの、急に母さんが倒れて……！」

「俺が先生を呼んでくる。君はここで、女将《おかみ》さんについていてあげるんだ」

励《はげ》ますようにセシルの肩に手を置き、ヴィーは再び裏口から外へと向かった。

遠ざかる彼の足音を聞きながら、セシルは不安と恐怖で震える自分の体を抱きすくめる。

本当は一緒に行きたかったが、こんな状態で母のそばを離れるのは怖い。

ヴィー、早く戻ってきて……！

祈ることしかできない自分があまりにも歯がゆかった。

それから数分後、老医師を伴ってヴィーは戻ってきた。

正確に言えば、老医師を担《かつ》いで、だ。

「このほうが早いと思った」

そう言いながら、彼はカーラの傍《かたわ》らに老医師を下ろす。確かに、老いた足で走るよりはヴィーが担《かつ》いでいったほうが早かったかもしれないが、それにしても何という体力なのだろう。

しかしそれに感心している心の余裕は、今のセシルにはなかった。

老医師がカーラを診察している様子を、生きた心地のしないまま見守る。

お願いだから、命に関わる病気ではありませんように……

診察の時間が永遠にも感じられる中、やがて老医師が口を開いた。

「ああ、これは過労だね。数日安静にすれば良くなるから、そう心配しなくていい」

安堵のあまり膝から崩れ落ちそうになったセシルを支えたのは、ヴィーだ。彼はセシルの腕を掴むと、倒れないよう自分の胸に寄りかからせる。

ヴィーのぬくもりを感じ、冷たかったセシルの指先にようやく体温が戻ってきた。

「先生、ありがとうございます……！」

「とりあえず、注射を打っておこう。明日の朝、また様子を見に来るからね」

そんな言葉を残し、注射と栄養剤を置いて、老医師は診療所へと帰っていく。

その背中を深々と頭を下げて見送った後、セシルはヴィーに手伝ってもらい、カーラを二階に運んだ。

ふたりきりにしようと気を使ってくれたのか、ヴィーは、風呂に入ってくると言って部屋を出る。

しん……と静まり返った室内で、セシルは母に目を落とした。注射のおかげか、安らかな寝息をたてて眠っている。

命に別状がないというのは幸いだった。けれど、油断はできない。

カーラがこうなってしまったのは、明らかに働き過ぎたからだ。無理もない、もう五十歳を越えているのに、朝から晩まで働き通しだったのだ。

もし、母が復帰できなかったら、今後、自分ひとりで店をやっていけるのだろうか？

生活していけるのだろうか？

そんな不安がこみ上げる。

悩んでも仕方がない。それは分かっていても、たった十八歳の少女が抱え込むには、この問題は少しばかり重かった。

「ごめんね、母さん……」

カーラの額《ひたい》に手を置きながら、セシルは起こさないよう静かな声で謝った。

歳の割には深い皺《しわ》の刻まれた顔。あかぎれの痕《あと》だらけの指。ずっと苦労してきたことが一目瞭然《いちもくりょうぜん》だ。

母が無理をしたのは、セシルに少しでも楽をさせてやりたいという親心からであることは分かっている。

セシルは結婚適齢期だ。嫁ぐ際、持参金も持たずに婚家へ赴《おもむ》けば、そこでの立場は弱くなる。それを分かっているからこそ、母は休みなく働き続けたのだ。

「わたしのせいだ……」

罪悪感に胸が痛み、眼裏《まなうら》が熱くなる。

自分がもっとしっかりしていれば、母はこんなことにならなかったかもしれない。いつまでも母が元気でいると、心のどこかで甘えていたのだ。

けれど、泣いていても何の解決にも慰《なぐさ》めにもなりはしない。セシルは唇を噛みしめ、ぐっと涙を堪《こら》えた。そして、両手で頬を叩く。

しっかりしなくちゃ。母さんが倒れている分、わたしが頑張らなくてどうするの。

母が体調を崩した以上は、しばらくの間、店の営業ができなくなる。かといってあまり長いこと店を閉めていると、生活にも支障が出る。

「……ひとまず、今後のことをヴィーと相談しておかないとね」

早速、セシルはヴィーの部屋に向かった。

扉を叩くと、すぐに開いてヴィーが顔を出す。

「女将《おかみ》さんの容態はどうだ？」

心配そうに聞いてくるヴィーに対し、セシルは精一杯の明るい笑みを浮かべた。

「大丈夫よ、ヴィー。何も心配しないで！」

自分が不安になってしまえば、ヴィーにも心配をかけてしまう。母が倒れてしまった今だからこそ、落ち込んではいられない。気丈に振る舞わなければ。

「とりあえず明日からの営業だけど……。母さんがいないから、しばらくお休みしたほうが良いかなって考えてて」

「セシル」

「わたしだけだと、作れる料理が限られてるし……。でも、あまり長い間閉めているようだとお客さんも離れていっちゃうから、そのあたりも考えなくちゃ」

「セシル」

「あっ、ヴィーは心配しないでね。しばらくあなたの面倒を見られるくらいの蓄《たくわ》えは、うちにだってあるから！　ただ、今後のために節約はしたほうがいいと思うから、ちょっと負担をかけてしまうかもしれないけど……」

言いながら、伸ばされた手から逃れるように、セシルは足を後ろに引く。

優しくしないで。今、優しくされたら、張り詰めた心が決壊してしまう。

「わ、わたし、ちょっと部屋で今後のことを考えてくる。ヴィーも、もう休んで」

ぎこちない笑みを浮かべたまま、セシルはそう口にした。今は、それが精一杯だった。

それなのに。

「セシル、無理をするな」

横に首を振りながら、ヴィーは静かな声で言った。

「な、何言ってるの？　無理なんて……」

してない、という言葉は最後まで言い切ることができなかった。

ヴィーが両腕を広げ、セシルの体を引き寄せるようにして抱きしめたからだ。

「我慢しなくて良いんだ」

その言葉は、張り詰めていたセシルの心にまっすぐ届く。

「セシル、俺がついている」

不安な心を優しく包まれ、ぽろり、と一滴の涙が零れた。それをきっかけに、涙が後から後から溢れていく。

本当は、恐怖で泣き叫びそうになる気持ちを必死で抑えこんでいた。

もし、母が死んでしまったら自分はこの世にひとりになってしまう。そうなったら、これからどうやって生きていこう、と。

だが、自分が取り乱してしまえば、母もおちおち休んでいられないだろう。だから頑張らなければと、必死だった。

それなのに、彼の言葉ひとつで安堵して泣いてしまうなんて。まるで子供のようだ。

けれど、ヴィーはそんなセシルに呆れることも、笑うこともなかった。

両腕に力を込めて小さな体を抱きしめると、宥《なだ》めるように背中を優しく撫でてくれる。

その温かな感触に、セシルは余計に涙を堪《こら》えられなくなってしまった。縋《すが》りつき、彼のシャツを涙で濡らしながら、止まらない嗚咽《おえつ》を漏らす。

こんな風に泣いたのは、子供の時以来だった。

「ご、めんなさい、すぐに泣き止むから……」

「泣き止まなくていい。気が済むまで泣け」

朴訥《ぼくとつ》としたその言葉が、弱った心にどんなに心強く、嬉しかったことだろう。

セシルは、体中の水分がなくなるのではないかと思えるほど泣き続けた。ヴィーはそれを、静かに受け止めてくれた。

第二章

翌朝目を覚ました母は、昨日倒れたのが嘘のように元気な様子だった。

「うん、注射と栄養剤がしっかり効いたようだ。だけど、昨日も言った通り、無理はしないように」

診察を終えた老医師の言葉に、セシルは胸を撫で下ろした。

「ありがとうございます、先生。――良かったわね、母さん」

「心配かけて悪かったねぇ、セシル。でも、もう大丈夫だから。今日の仕込みをしなくちゃね」

「何言ってるのよ母さん。しばらくお店はお休みよ」

昨日の今日でもう仕事に戻ろうとする母に、セシルは少々呆れ気味の視線を送る。

いくら薬が効いていたとしても、まだまだ体は本調子ではないのだ。それなのに店のことを心配するなんて、母らしいと言えば母らしいが、心配するほうの身にもなってほしい。

「ここで休んでおかないと、また体調を崩してしまうかもしれないでしょ？　そうなったら、元も子もないわ」

「セシルの言う通りだよ、女将《おかみ》さん」

やんわりと、老医師が口を挟んだ。

「今は体調が良くても、それは薬のおかげだ。体が健康な状態に戻るまでは、きちんと休んでおかないと」

「でも、先生――」

「でも、じゃないの」

仕事熱心なのは悪いことではないが、医師が休めと言っているのだから素直に従ってほしい。

「もうまったく、母さんったら……。わたしがこんなに心配してるのに、他人事みたいに……」

腕組みをしてぶつくさと呟《つぶや》くと、老医師が苦笑を零した。

「女将《おかみ》さんは、ここにいると店が気になって仕方がないようだ」

「そう、そうなんですよ。どうも、家にいるとじっとしていられなくて……」

母はばつが悪そうに笑うが、笑い事ではない。

セシルがじろりと睨《にら》むと、母は気まずそうに笑いを引っ込め、こほんと咳払いをした。

そんな親子の様子にますます苦笑を深めた老医師は、セシルにこんな提案をした。

「もし良かったら、しばらく——そうだね、一週間ほど女将《おかみ》さんをうちの診療所で休ませてはどうだろう」

「それって……入院ってことですか？」

「まあ、そこまで大袈裟《おおげさ》に考えなくても良いがね。何かあったらすぐに私が診《み》てやれるし、女将《おかみ》さんは店のことを考えなくて済む。それにお手伝いさんの作ってくれる食事は栄養満点で美味《おい》しいから、きっと女将《おかみ》さんも気に入ると思うよ」

それはセシルにとって、非常に魅力的な提案だった。

母を休ませることができるし、何より医師が付いていてくれるという心強さもある。

「ぜひ、よろしくお願いします」

「ちょっとセシル、何を勝手に——」

「母さんは黙ってて」

セシルはぴしゃりとカーラの言葉を遮《さえぎ》った。

この件に関しては一歩も譲るわけにはいかない。何せ、母の命がかかっているのだ。

たとえ恨まれようが、強制的に休みを取らせなければならない。

かくして、セシルは母を診療所へと無理やり送り出した。

老医師と連れだって、何度も店を振り返りながら遠ざかっていく母の姿が見えなくなった頃、ようやく扉を閉めて一息つく。

「はぁ……。もう母さんったら、仕事のことばっかりなんだから」

老医師があぁいった提案をしてくれて、本当に良かった。母には、彼の言った通りしばらくゆっくり休んで、体調をしっかり整えてほしい。

「さて、お風呂にでも入ってすっきりしようかな」

昨日母が倒れてからというもの、セシルは一睡もしておらず、着替えすらできていなかったのだ。

湯を沸かすため調理場に行くと、ちょうど裏口から薪《まき》を抱えたヴィーが戻ってきた。

彼は朝から、水汲みに掃除、薪《まき》の準備など、セシルの代わりに働いてくれている。

「お帰りなさい。ごめんね、手伝えなくて……」

「そんなこと気にしなくていい。ところで、女将《おかみ》さんはどうだった」

「体調は心配ないみたい。でも、あんまりにも仕事したがるものだから、先生が診療所に引っ張っていったわ。一週間ほど静養してから戻ってくるって」

くすりと苦笑を浮かべるセシルに、ヴィーも安心したように笑みを零す。

「そうか、なら良かった。女将《おかみ》さんにも、休みが必要だっただろうからな」

「ええ。あなたにも迷惑かけてごめんなさい。お詫びに、お風呂から上がったら腕によりをかけてごはんを作るわ」

「それは楽しみだ。君も疲れただろうから、ゆっくりお湯に浸かったら良い」

ぽんぽんと頭を撫でられ、セシルはむずがゆい気持ちになる。

ヴィーがいてくれて、本当に良かった。

頼るべき母がいない今、まだ十八歳のセシルは自分でも気づかないうちに、彼を心の寄りどころとしていた。


その後、風呂から上がったセシルは清潔な衣服に着替え、朝食を作り始めた。

今日の献立《こんだて》は、チーズの入ったオムレットだ。

昼はグラタンでも作って、夜は母直伝《じきでん》のシチューを作ろうか。

そんなことを考えながら、食事の準備を整える。

誰かのための食事というのは、作っていてとても楽しい。特に、その人が「美味《お い》しい」と言ってくれるなら尚更だ。

「ヴィー、お待たせ。朝ごはん、できたわよ」

「ああ、これは美味《おい》しそうだ」

店の適当なテーブルに着くと、セシルとヴィーは食前の祈りを唱えてから食事に入る。

ヴィーは、セシルの用意したオムレットを美味《おい》しそうに頬張っていた。

「君の作った料理は本当に美味《うま》いな。絶品だ」

「ありがとう。母さんに比べればまだまだなんだけど、ヴィーはいつも美味《おい》しそうに食べてくれるから嬉しいわ」

「これからしばらくは、君の手料理が毎日食べられるというわけだな」

ヴィーはパンを千切《ちぎ》りながら、そんなことを言う。

何気なく発されたそんな一言に、セシルははたと気づいた。

これから一週間は、ヴィーとふたりきりで過ごさなければならないのだ。

母を心配するあまり思い至らなかったが、改めて考えてみれば、未婚の娘が赤の他人である男性とふたりきりなんて、とんでもない状況なのではないのだろうか。

「あ、の、ヴィー」

「ん？」

ヴィーはどう思っているのだろう。

彼の表情を確認しようと名を呼べば、いつもと同じく、屈託のない笑みが返ってくる。

「どうした」

「あ……えっと、その、ヴィーは平気なの？　その、わたしとふたりだけになるわけだけど……」

「それがどうかしたか？」

ヴィーはセシルが何を言いたいのか、本気で分かっていない様子である。

それを見て、セシルは変に身構えていた自分が馬鹿らしくなった。同時に、多少落胆してしまう。

何よ。少しくらい、意識してくれても良いのに……

急に黙り込んだセシルに、ヴィーは不思議そうに首を傾げる。

「おい、セシル。どうしたんだ」

「何でもない……」

そう答えたきり、セシルは黙々と食事を続ける。

どうせ、彼にとって自分は子供なのだろう。以前も子供扱いされたし、それは分かっている。

だが、それと同時に、先日マノンと楽しそうに話していた彼の姿が頭の中に蘇《よみがえ》る。

――マノンとわたしは、同じ歳なのに。

彼女と違って自分は大人っぽくないから、『女』に見えないのだろうか。

悲しさと、悔しさに、鼻の奥がツンと痛くなる。

だからセシルは食事を終えた時、つい悔し紛れの一言を口にした。

「……そういえばこの前、わたしのことを好きだって言ってくれた人がいたの。今度の豊穣祭《ほうじょうさい》は、その人と行こうかと思ってるわ」

生まれてこの方、誰にも告白などされたことがないのに、何て虚《むな》しい嘘だろう。いくらヴィーに、自分も一人前の女であると認めさせるためとはいえ……。

だがその嘘は、彼の笑いを引っ込めさせるには充分だったようだ。

ヴィーは目を見開き、まじまじとセシルを見つめていた。

「君は……その男のことが好きなのか」

驚いた表情が何だか癪《しゃく》だ。セシルのことを好きな男性なんているのかと言いたいのだろうか。

だから、あえてツンとしながら答える。

「……好きな人はほかにいるわ」

目の前にね、という言葉を呑み込み、できるだけヴィーから視線を逸らす。

瞳の奥に秘めた恋情が、彼に伝わってしまうかもしれないのが怖かった。

「誰だ、そいつは。あのジョシュとかいう青年か。もう体に触れさせたのか」

ぶしつけな問いに、かっと頭に血が上った。ふしだらな女と責められているような気がした。

「ヴィーには関係ないでしょう」

あえて素っ気なく言い、セシルは空いた食器を片付けようと立ち上がる。だが、突然ヴィーに腕を掴まれた。

彼は眉間に皺《しわ》を寄せたまま、睨《にら》むようにセシルを見つめている。

「女将《おかみ》さんが留守の間、俺には君を守る義務がある。変な男に引っかかったら、女将《おかみ》さんに申し訳がたたない」

「別にジョシュは変な男じゃないし、自分の身くらい自分で守れるわ。父親みたいなこと言わないで」

彼が心配する気持ちは分かるし、本当はありがたいと思うべきなのだろう。なのに、いつまでも子供扱いをやめないヴィーに不満が募り、つい素っ気ない態度を取ってしまう。

だが、ヴィーはそれを許さなかった。セシルの腕を掴む手に力を込めたかと思うと、テーブル越しに自分のほうへと引き寄せる。

セシルは声を上げる間もなく、彼に唇を塞がれていた。

押しつけられた感触は、柔らかくて温かい。

「んん……っ!?」

なぜ。どうして。これはいったいどういうことなの……？

あまりにも突然のことで、セシルは抵抗すら忘れてただその口づけを受け入れること
しかできない。

「——父親は」

奪うような一瞬の口づけの後、ヴィーが腕を放し、強い視線でセシルを射貫く。

「こんなことはしない」

こんなこと……こんなことって何……？　どうして、ヴィーはわたしにキスなん
か……

困惑と驚きが頭の中でない交ぜになり、咄嗟《とっさ》に言葉が出てこない。

膝から力が抜け、かくんとその場に頽《くずお》れた。

体に、力が入らない。

そんなセシルにヴィーは大股で近づき、鋭い目付きで見下ろす。

「君のような非力な娘が、自分の身を自分で守るなんて無理だと、今ので分かっただろう」

「そ、そのためだけにキスしたの……？」

信じられない。そんなの、あんまりだ。

初めての口づけの相手が好きな人だったら、どんなに幸せだろうと夢見てきた。だけどたった今のそれは、セシルが思い描いてきたものとはまったく違う。戒《いまし》めるためだけの口づけだったのだ。

「ひどい……」

ぽろぽろと、涙が零れ落ちる。

泣きじゃくるセシルの目の前で、ヴィーが不機嫌そうに眉間に皺《しわ》を寄せる。そして、押し殺したような声で問い掛けた。

「そんなに嫌なのか、——俺との口づけが」

セシルは答えなかった。いや、答えられなかった。

言葉を紡《つむ》げないほどに、ヴィーの仕打ちに傷ついていたからだ。

だが、彼はその沈黙を、肯定の返事と受け取ったらしい。

「まさか、それほどまでに君に嫌われていたとはな」

自嘲するような笑みに、セシルは必死で首を横に振っていた。

「……がう、違う。嫌いなんかじゃない……」

「じゃあなぜ、泣いているんだ。俺は、君のそばにいて君を守ってやりたいと思っていたが……迷惑だったようだな。どうやら俺は、自惚《うぬぼ》れていたらしい」

「違う……違うの」

この口づけを嫌だと思ったのは、ヴィーを好きだからだ。好きだからこそ、戒《いまし》めが理由の口づけを喜べなかった。

こんなに近くにいるのに、自分の考えをまともに伝えることさえできない歯がゆさに、また涙が零れる。

ただ泣くばかりのセシルに苛立《いらだ》ったのか、ヴィーが少しだけ声を荒らげた。

「何が違うんだ！　俺のことが嫌いだから、今もそうやって泣いているんだろう」

「違う！」

高ぶった感情のままに、セシルは叫ぶ。

そうして気づけば、秘めていた己《おのれ》の心の内を吐露《とろ》していた。

「わたしはヴィーが好き……。好きなの……っ」

――言った。

とうとう言ってしまった。

出会ってまだ間もないのにこんな告白をされて、迷惑だっただろうか。

確かに、ヴィーと過ごしたのはほんの一ヶ月にも満たない期間だ。だがそれでも、彼を好きだという気持ちは自分にも否定しようがないほど強く、深かった。

長い沈黙が、流れた。

恐怖と不安のあまり、彼の顔を見ることができない。心臓が押し潰されそうな感覚に、どうにかなってしまいそうになった頃、ようやく彼が口を開いた。

「……それは、本当か」

その声は、少しだけ掠《かす》れているようにも聞こえる。

「君が、俺のことを好きだというのは……本当なのか」

セシルが頷き終えるか、終えないかのうちだった。

ヴィーが、セシルの膝裏を掬《すく》って横抱きに抱き上げたのは。

急に足が宙に浮き視界が高くなったことに、セシルは驚いて彼を仰ぎ見た。

「ヴィー!? 何するの……っ」

セシルの問いにもヴィーは無言のまま、足早に階段へと向かう。

彼と密着している。そのことに羞恥《しゅうち》を覚えたセシルは、頬が熱くなるのを感じた。

「ヴィー、は、離して……」

「暴れるな、落ちるぞ」

短く命令した彼は、セシルを抱えたまま、いともたやすく階段を上り始める。

落ちる、という脅《おど》しのような言葉が怖くて、セシルは咄嗟《とっさ》に彼の首に腕を回していた。

階段を上り終えると、ヴィーは自分の部屋の扉を足で開け、寝台の上にセシルを下ろした。

驚いて起き上がろうとしたセシルだったが、すぐにヴィーがのし掛かってくる。

逞《たくま》しい体の重みを受けて、寝台がギ、と小さく軋《きし》んだ。

——いったい、何が起こっているの……!?

分からない。なぜ、自分は今ヴィーに押し倒されているのか。彼は、今から何をするつもりなのか。

見上げる彼の体躯《たいく》は大きく、小柄なセシルの体をすっぽりと覆い隠すほどだ。

「ヴィー……」

「黙れ」

突き放すような声だったが、眼差しは優しい。

そのまま彼の顔が下りてきたかと思えば、セシルは再び唇を塞がれていた。

「ん、んぁ、ん……ふぅ……」

先ほどの強引な口づけとは違う、慈《いつく》しむような感触だった。

柔らかな彼の唇の感触が、離れては押しつけられる。やがて肉厚の舌が口内に忍び込み、くちゅりと淫《みだ》らな音を立てながらセシルの舌を舐《ねぶ》った。

「は……ん、んん……っ」

息苦しさに、目頭が熱くなって生理的な涙が滲《にじ》む。それなのに、気持ち良さに頭がふわふわしてしまう。

――これは何？

今まで経験したことのない奇妙な感覚に、セシルは熱に浮かされたような気分になる。

やがてヴィーの唇が離れていき、銀色の糸がふたりを繋《つな》いだ。

それが切れる頃、彼はセシルの頬を優しく撫でながらこう言った。

「……細くて、柔らかくて、弱い体だ。男が少しでも本気を出せば、こうして簡単に組み敷ける。君はもっと、危機感を持ったほうが良い」

「わ、分かった……分かったから、お願い、やめて……」

先ほど口づけされた時はあれほど悲しみ傷ついたというのに、今セシルが覚えている感情はそれとはまったく違う。

恥ずかしくて恥ずかしくて、羞恥《しゅうち》のあまり隠れてしまいたい。けれどそれと同時に、彼の口づけを嬉しく思う甘酸っぱい気持ちも存在している。

それはヴィーが、「君のそばにいて君を守ってやりたいと思っていた」と言ったからだろうか。

――あれは、どういうつもりで言ったの？　そばにいたいって、どういう意味？　もしかして、彼も同じ気持ちを持ってくれている？

答えの出ない自問自答を繰り返しているうちに、ヴィーはセシルの胴衣の胸紐を手早く解いていく。手慣れた様子だったが、今はそれを深く気にしている余裕などなかった。

セシルは慌てて腕を突っ張り、彼の行為を止めようとする。

「や、やだ、ヴィー、やめて……っ」

「やめない」

きっぱりと拒絶したヴィーは、抵抗するセシルの両腕をひとまとめにして頭の上に押さえつけた。その間に、片手で器用に紐を解き終えると、前身頃がふたつに分かれ、その下に着ていたシャツが現れる。彼はそのシャツのボタンも全て片手で外すと、セシルの胸元を露《あら》わにした。

「綺麗な肌だな」

胸当ての際《きわ》を、ヴィーが指先でなぞる。

「あ……っ、待って、お願い……」

「君が……俺を煽《あお》ったんだ。待てるはずがない」

煽ったって何？　好きだって言ったこと？

分からない。セシルには彼の考えていることが、何も分からない。

戸惑うセシルを熱い目で見下ろし、ヴィーが狂おしげな表情で呟《つぶや》く。

「君の初めてを、他の男に奪わせはしない……。俺のものだ」

「あ……」

ちゅ、ちゅ、と音を立てながら、ヴィーがセシルの肌に唇を落としていく。

両手はすでに解放されていたが、セシルはもう抵抗しなかった。セシルを「俺のものだ」という彼の言葉に、全身が歓喜にざわめいていたのだ。

ヴィーもわたしと同じ気持ちだって、期待しても良いの？

自分のような貧相な体型の娘など、相手にされないと思っていた。それだけに、たった今の彼の発言は、初恋という感情を知ったばかりのセシルの胸をときめかせる。

「は……あぁ、ヴィー……」

口づけを落とされた場所が、熱い。

セシルは悶《もだ》えながら彼の名を呼び、縋《すが》るように手を伸ばして彼の衣服を掴んだ。

ヴィーは、ふ、と笑い、セシルの胸当ての紐を外す。

両側に開かれた胸当ての向こうから、ささやかな双丘が姿を現した。

ヴィーは目を細めてセシルの胸を見つめ、溜息交じりに囁《ささや》く。

「綺麗だ、セシル……」

恥ずかしさに、かっと頬が熱くなる。

大きくもない胸を綺麗だと言われたことは嬉しかったが、同時に切なくなった。

「マ、マノンみたいに……」

「うん？」

「マノンみたいに、大きければ良かったんだけど……」

彼女のように、細身でありながら豊かな胸を持っていれば、どれほど良かっただろう。

以前から抱いていた小さな劣等感を、ヴィーと住むようになってから改めて自覚してしまった。あと二回り……いや、一回りでも良い。もう少しだけ、凹凸《おうとつ》のはっきりした体であればと、何度、マノンを羨《うらや》ましく思ったことか知れない。

申し訳なさそうなセシルの様子に、ヴィーの口元が柔らかく綻《ほころ》んだ。

「そんなことは気にしなくていい。俺が抱きたいのは、マノンではなくて君だ」

「あ……っ！」

ぎゅっと、ヴィーが指先に力を込めて胸の先端を捻《ひね》り上げた。

下腹の辺りが甘く疼《うず》き、胸をかきむしりたいような衝動に襲われる。

しかしこんなものは、序の口でしかなかった。ヴィーはもう一方の胸に唇を這《は》わせると、まだ柔らかなセシルの胸の尖《とが》りを軽く吸い上げた。

喩《たと》えがたい痺《しび》れが、触れられている場所から広がって全身を駆け抜けていく。

「や、恥ずかしい……っ、へ、変になっちゃう……」

「変？」

「じ、じんじんして、体が熱いの……」

体を蝕《むしば》む熱に耐えようと、彼の衣服を強く握りしめる。けれどその程度では、身の内に溜まり始めた熱を逃がすことはできなかった。

「それが、気持ちいいということだ」

「気持ちいい……？」

でもこれは、夏に水浴びをした時や、午睡《ごすい》を取った時のような心地よさとはまったく違う種類の感覚だ。

むしろどちらかというと少し苦しく、もどかしい気持ちになる。なのにヴィーは、これを気持ちいいと言うのだろうか。

だけど確かにマノンも言っていた。初めての時は痛いけれど、その後はすごく気持ち良くなれる行為なのだと。

混乱しているうちに、硬い歯で濡れた先端を軽く甘噛みされる。

痛みと紙一重の快楽に、セシルは思わず悲鳴を上げていた。

「きゃぁ……ッ！」

「硬くなってきたな……」

「あ、んぁ……あぁっ」

ちゅくちゅく、と音を立てて、ヴィーが乳頭を執拗《しつよう》に吸い立てる。

まるで飢えた乳飲み子や、生まれたての子犬のように、彼はその場所を甘噛みしては、こそぐように刺激した。

セシルの唇からはひっきりなしに甘ったるい声が零れ、下腹の辺りが重く疼《うず》く。

爪先《つまさき》が勝手に丸くなり、敷布をぐしゃりと乱す。

下を見下ろせば、ヴィーの口の中にすっぽりと胸の先端が消えている。

もう一方の胸も指先でぐりぐりと弄《もてあそ》ばれ、今や木の実のように真っ赤に熟《う》れていた。

苦しいのに、もっとしてほしい。もっと、強くしてほしい。

そんな無意識な思いから、セシルは両手でヴィーの頭を抱え込む。

「んっ、あぁ……、ヴィー……」

「……積極的だな。男としては、嬉しい限りだ」

愉《たの》しそうにヴィーが呟《つぶや》き、唇でセシルの先端を軽く引っ張り上げる。

「はぁ……っ、あ、あぁ……」

彼に触れられるたび、むずむずとした痺《しび》れが体の中心を駆け抜けていく。

鮮烈な感触は、まるで麻薬のようだ。一度味わえば、手放すことなどできない。

だから村の娘たちは、親に隠れて恋人とこのような行為に及ぶのだろうか。

「ヴィー、もっと触って……」

「……君は、そんな誘いかたをどこで覚えたんだ」

苦笑するヴィーに、かっと頬が熱くなる。

淫《みだ》らな子だと思われただろうか。でも、セシルにそう思わせているのは彼だ。

セシルは咄嗟《とっさ》に、言い訳めいた言葉を口にしていた。

「だって……。ヴィーに触られると、頭がふわふわして、体が熱くなって――」

この状態をうまく言い表す言葉がこれ以上思いつかず、セシルは口ごもる。

するとセシルの言葉を引き継ぐように、ヴィーが笑いながら口にした。

「――気持ちいい？」

ああ……と、その言葉がすとんと胸に落ちてくる。

求めずにはいられない、この中毒のような感覚。これが、気持ちいいということなのだ。

頬を染めてこくりと頷くセシルの姿に、ヴィーが艶《つや》っぽく囁《ささや》いた。

「お言葉に甘えて、もっと触れることにしよう。……セシル、口を開いて」

耳元にふっと息がかかり、セシルの背筋を熱い感触が滑り落ちる。それに気づかないふりをして、小さく唇を開いた。

半開きの唇の間から、桃色の舌が覗く。

ヴィーはそれにむしゃぶりつくと、まるで何か美味《おい》しいものでも舐めているかのように、粘膜同士を擦り合わせて唾液を啜《すす》った。

「ンぅ、う……っ、んんっ」

「っは、セシル。引っ込めるな。俺の舌に絡めて――」

「ん、うぅ、ん――……っ」

セシルの反応を見つつ、ヴィーは時折唇を離し、指示を出す。

セシルはそれに、素直に従った。経験のないセシルには何をどうすればいいのか分からないので、彼の言う通りにするほかない。

「君の口づけは、たどたどしいな。もしかして、初めてか」

こくこくと、セシルは首を縦に振った。

この年齢で珍しいことだというのは分かっている。

メレル村のような田舎では、都会に比べて結婚が早い。そのためセシルくらいの年齢になれば、とっくに男性経験を済ませている娘も多いのだ。いや、たとえ都会であっても、キスのひとつやふたつくらいは経験済みなのが普通だろう。

同年代の間では、晩生《おくて》だとからかわれることも多いけれど、それでも良いとセシルは思っていた。皆が初体験を済ませているから……なんて単純な理由ではなく、肌を合わせるのなら、本当に好きな人が良い。

純情で夢見がちだとからかわれるのが嫌で、誰にも話したことはなかったが、それがセシルの望みだったのだ。

「それは本当か」

「ほ、本当よ。キスするのは、ヴィーが初めて。それに、その先も……」

「これから何をするか、知っているのか？」

少し驚いたように、ヴィーが目を瞬《またた》かせた。

口づけだけで呼吸困難に陥《おちい》るほどの無垢《むく》なセシルが、男女の情交について知っているとは思いもしなかったのだろう。

「少しだけ……十五歳くらいの時に、マノンが言ってたの。初めての時はすごく痛いって。でも我慢して男の人を受け入れないと駄目なんだって。でもそれだけしか……」

情交というものは男性の体の一部を体内に受け入れなければ、終わらないらしい。

具体的に何をどこに入れるのか分からずにマノンに聞いてみたが、彼女は意味深な笑みを浮かべるばかりで、はっきりと教えてはくれなかった。もちろん母にそんな話を聞けるはずもなく、それからずっと疑問のままだったのだ。

「あの、やっぱりそんなに痛いものなの？」

「俺は男だから体験したことはないが……。できる限り、優しくする」

ヴィーの唇の端が緩《ゆる》み、軽く持ち上がる。

彼はそのまま、セシルの肌に唇で触れた。

村の娘たちと比べ、普段店の中で働くことの多いセシルは色が白い。衣服に隠れている部分ともなれば尚更だ。柔らかな肌を強く吸われれば、簡単に赤い痕《あと》が散る。

「あっ……、あぁ……」

「他の男には触れさせない……」

瞬《また》く間に、セシルの胸元にはたくさんの鬱血《うっけつ》の花が咲く。

まるで所有印のようだ。でも焼き鏝《ごて》とは違い、この印はセシルに痛みではなく、甘やかな刺激をもたらす。

ひとしきり痕《あと》を付け終えたヴィーは、今度は、セシルの下肢を覆う下着に手を伸ばした。飾りも何もない、質素な白い下着だ。

せっかくなのだから、とっておきの下着を用意しておくのだった。

そんな年頃の少女らしいことを考えている間にも、彼は下着の際から指を差し入れ、秘められた場所に触れる。

ヴィーの指はやや荒れているが、その無骨な印象からは信じられないほど繊細な動きで、セシルの秘裂を優しくなぞった。

ぐちゅりと、泥水をかき混ぜるような音がする。

「やめ……っ」

セシルは思わず耳を塞ぎたくなった。

なぜか分からないが、その場所が濡れているということがひどく恥ずかしく思えたのだ。

あまりの羞恥《しゅうち》に、セシルは懸命に首を横に振る。こんな淫《みだ》らな音を、彼に聞かれたくない。

「や、ヴィー……っ、この音やだ、恥ずかしい……！」

「俺に触れられて感じてくれたんだろう。恥ずかしがることはない」

そう言ったヴィーの指が、蜜壺の浅い部分を軽く撫でる。

びくりと身を震わせ、セシルは眉根を寄せた。

「で、でも、そんなところが濡れるなんて……」

「体が傷つかないよう、女はこうして潤滑液を出す。自然な現象だ、心配するな」

その瞬間、セシルは頬を平手で思い切り殴られたような気持ちになった。

自分の体がそんな風に反応したことを指摘されたのが、恥ずかしかったからではない。

先ほどから彼が、やけに女の体について詳しいことに衝撃を受けたのだ。きっと、記憶を失う前はたくさんの女性と関係を持っていたに違いない。そうでなければ、女の体の仕組みなど知るはずもないだろう。

彼の年齢を考えれば、誰かと付き合った経験があることくらいは当たり前なのかもしれない。けれど、ヴィーが自分以外の女性ともこういう行為をしていたと考えると、何だか悲しくて仕方なかった。

目の奥がじんと熱くなり、薄《うっす》らと涙が浮かぶ。それを隠すように横を向いてヴィーから視線を逸らす。

すると、ヴィーは不思議そうな顔をした。

「おい、どうしたセシル」

「何でもない」

「何でもないわけがあるか。こっちを向け。どこか痛かったか」

顎《あご》を掴んで無理やり視線を合わせるよう正面を向かされる。セシルは涙ぐんだまま、ヴィーを睨《にら》むようにして見上げた。

「ヴィー、すごく慣れてる感じがする」

「え……」

「他の女の人のことなんて考えないで……」

言い終えるなり、セシルは再び視線を逸らした。嫉妬のあまり、何だかとても大胆なことを言ってしまった気がする。もしかしたら我儘《わがまま》だと思われたかもしれない。

狭量な自分が嫌で、でも譲れなくて、頭の中がぐちゃぐちゃになってうまく言葉にできない。

ヴィーはといえば、きょとんとしてセシルの不貞腐《ふてくさ》れたような表情を見つめていたが、数瞬の後、破顔した。おかしくておかしくて仕方がないという表情だった。

「考えるも何も、覚えていないものは考えようがないだろう」

あっさりした答えと共に頭を撫でられ、セシルは思わずその手を払いのけた。

気に入らないのは、彼が女慣れしていることだけではない。こちらはいっぱいいっぱいなのに、ヴィーばかりが余裕の表情なのが気に入らないのだ。

「子供扱いしないで」

こうして拗《す》ねるところが子供なのだと言われればそれまでだが、抱かれている最中に他の女性の影がちらつけば、誰だっていい気はしないだろう。

「俺は」

言いながら、ヴィーが赤く染まった頬に口づけを落とした。唇を滑らせ、額《ひたい》や耳にも唇で触れる。まるで、至高の宝石を愛《め》でるかのように。

「――子供相手にこんなことをするつもりはない」

低い声で直《じか》に鼓膜を震わせながら、ヴィーがセシルの耳朶《じだ》を甘噛みする。その何とも言えない感覚に、セシルの眉根が軽く寄った。

「んっ、だ、だって……何度も子供だって」

「あれは、そう言わなければ君を女として意識しそうだったからだ。……本気で子供だと思っていたわけではない」

そうだとしたら嬉しいけれど、本当に？

本当に、女として意識してくれていたのだろうか。日頃の彼の態度からは、とてもそんな風には見えなかった。

「嘘よ」

「本当だ」

答えは、きっぱりとしたものだった。

「信じられないなら、行動で伝えるか？」

耳朶《じだ》を甘噛みしていたヴィーが耳の中に舌を入れてくる。

「あっ……」

もぞもぞと身じろぎしている間に、セシルの下着は手際よく脱がされた。

一糸纏《まと》わぬ姿にさせられて縮こまるセシルだったが、ヴィーがやめる気配は微塵《みじん》もない。

足を軽く開かされ、秘所に外気が触れるのを感じる。

こんな明るい場所で、そんなところを見られるなんて。

羞恥《しゅうち》のあまり足を閉じようとしたが、それより前に、ヴィーが両膝に手を添える。ぐっと力を込められ、ますます足が大きく開く。

熱い視線が秘所に注がれるのを感じ、セシルは泣きそうになった。

「やだ……っ、見ないで……！」

「心配するな、君のここはとても綺麗だ」

綺麗だとか、綺麗じゃないとかそういう問題ではない。

単純に、異性にその場所を見られているのが恥ずかしいのだ。

けれどそんなセシルの心を知ってか知らずか、ヴィーは指先で花芯をぐりぐりと押し潰す。

「あっ……」

とろりと、セシルの足の間からまた新たな蜜が零れ出す。その蜜を、ヴィーは花芯に塗りつけて刺激した。

鋭い刺激に、びくびくと体が震える。

世の経験済みの女性たちは、皆こんな恥ずかしいことに耐えてきたのか。

けれどそんなものは、まだ序の口でしかなかった。

愕然《がくぜん》とするセシルの秘所に、ぬるりとしたものが触れたのはその直後だった。

「ひぁ……っ！　あ、嘘《うず》……っ」

ヴィーが足の間に顔を埋め、熱心に舐め始めたのだ。

指で触れられるだけでも相当な衝撃だったのに、舌で舐められるなんてとんでもない話だ。

それも、こんな明るい時間帯に。

「いやぁっ、やだ、やだぁ……ッ」

セシルは恐慌状態に陥《おちい》り、ヴィーの頭を何とか足の間から離そうとする。だが、その行為は単に彼の髪を乱すだけに終わってしまった。

「セシル、暴れるな。初めての君が痛くないよう、しっかり濡らしておかなければ」

「は……、あぁ……っ」

ヴィーの舌が、花芯を捉《とら》える。

舌先で軽くつつき、飴玉を転がすように繰り返し舐《ねぶ》られた。

柔らかかったそれはすぐに硬くなり、赤味を帯びつつ膨らんでいく。まるで、新芽が綻《ほころ》ぶかのごとく。

「ン、あ、あぁっ、やぁ……ッ」

己《おのれ》の身をかき抱きながら、セシルは何度も仰《の》け反る。

凶悪なまでの快楽に、瞳から自然と涙が滑り落ちた。

「あ……、は、ヴィー、やだ……やめて……っ」

「優しくするとは言ったが、それは聞けない願いだな」

「そん……っ、あぁぁぁっ！」

制止を無視し、ヴィーがじゅるりと蜜ごと花芯を吸い上げる。

その瞬間、セシルは絶叫を上げて全身を強張《こわば》らせた。

目の前で、鮮やかな火花がいくつも弾ける。どっと押し寄せた荒波にさらわれるような感覚だった。

「あ……あ……っ」

唇を閉じる力すらなく、口端から唾液が零れ、がくがくと足が震える。

今、いったい何が起こったのだろう。

セシルは、訳も分からず呆然と虚空を見つめた。

しかし自分でもよく分からない今の現象を、ヴィーは何なのか理解しているようだった。

「――いったか」

嬉しそうな呟《つぶや》きの内容が、セシルには理解できなかった。いくというのは何なのだろう。

問い返すより早く、ヴィーの指が秘所に入り込む。

蜜壺から溢れた液体のおかげで、セシルのそこは難なく彼の指を呑み込んだ。

肉壁を擦りながら、ヴィーはセシルの反応をつぶさに確認する。

「……痛くは、ないようだな」

「んっ、あっ、あぁ……」

胸を大きく上下させ、セシルは不格好な呼吸を繰り返す。

零れ出る嬌声《きょうせい》のせいで、うまく息が吸えなかった。

「や、あ、んぁ……っ」

「君の中は、熱いな」

「はぁ……、あ、ん」

セシルの蜜壺に、二本目の指が入ってくる。

さすがに圧迫感を覚えたが、ヴィーの巧みな舌技で蕩《とろ》けさせられたその場所は、ほとんど痛みを訴えることはない。

彼が指を出し入れするたびに、じゅぷじゅぷと蜜をかき混ぜる音がする。セシルには未だに、自分がその音を発しているのだということが信じられなかった。

やがてヴィーの指がある一点を押し上げた時、セシルの目の前で小さな火花が散った。

先ほど彼が「いったか」と言った時に覚えた感覚が、再び迫り来るのを感じていた。

「や……あ……っ、あ、ヴィー……そこやだ……っ、や、あンっ」

「ここが、君の好《い》い所か」

乱れるセシルの様子に気を良くしたのか、上機嫌に呟《つぶや》き、ヴィーが執拗《しつよう》にその場所をずくん、ずくんと下腹から迫り上がってくる重い熱に、セシルは激しく頭《かぶり》を振った。

「あ、やぁあッ、……いっ、や、あぁッ‼」

追い打ちを掛けるかのごとく、ヴィーが親指で、セシルの花芽を覆う包皮《ほうひ》を剥《む》く。

現れた紅玉《こうぎょく》のような小さな粒を、彼は指先で撫でた。傷つけまいとする繊細な動きだったにもかかわらず、中と同時にその場所を刺激されればひとたまりもない。

「ひぅっ、あ、んあぁぁっ……！　やだ、やだ……っ、お願い……っ」

「正直じゃない口だな。下は、こんなに正直に蜜を垂らして喜んでいるのに」

「あ、あ――ッ！　い、いっちゃ……や、やぁアっ」

セシルの緑色の目から、涙が散る。

ヴィーはなお激しくセシルを責め立てながら、愉悦《ゆえつ》を滲《にじ》ませた笑みを浮かべた。

「いくらでもいけばいい。君の乱れた姿は、綺麗だ」

「ああぁッ、あ、あ、――――……ッ」

声なき悲鳴を上げ、セシルは全身を戦慄《わなな》かせて達した。

全力疾走をした後のように心臓がばくばくと早鐘を打ち、呼吸は自然と荒くなる。

「あ……ぁ」

擦り立てる。

絶頂の余韻に、セシルは眉を寄せて身をくねらせた。意思とは無関係に声が零れる。

自分のものとは思えないほどに甘く、頼りない声だった。

それが男を誘っていることに、セシルは気づかない。

無意識の媚態《びたい》に、ヴィーの喉がこくんと上下する。欲情している証《あかし》だった。

「セシル……、そろそろ挿《い》れても良いか」

「ん……」

よく意味も分からないまま、セシルは小さく頷いた。

早く彼を受け入れたいと、全身が欲していたからだ。

ヴィーは手早くシャツを脱ぎ捨てると、下衣の前をくつろげる。そして、セシルの両手を自分の背中へと回させた。

「痛かったら、爪を立てていい」

そう宣言すると、くつろげた下衣から何かを取り出した。

セシルの視界の片隅に、赤黒い物体が映る。虚《うつ》ろになった目ではよく確認できなかったが、彼の下半身から繋《つな》がっているようだった。

何かいけないものを見てしまった気分になり、セシルはぎゅっと目を瞑《つむ》る。

だが、ヴィーはそんなセシルの瞼《まぶた》に口づけを落とし、懇願するような声で言った。

「セシル、目を開けてくれ。君を抱いているのが俺だということを、しっかり見てほしい」

「ヴィー……」

セシルはそっと目を開けた。

彼に請われたからだけではない。自分を抱くヴィーの姿を、目に焼き付けたかったからだ。

「君が欲しい――。いいか？」

「ん……」

セシルはこくりと頷き、ヴィーの背中に回す腕に力を込める。

それを合図に、ヴィーのものが中に入り込んできた。

つるりとした先端を呑み込み、傘の張った部分に狭い内部を無理やり押し広げられていく。

決して強引な動きではなかったが、未通のセシルにとって、ヴィーの大きさを受け入れるのは容易ではなかった。

「あ……あ……っ、い、いぁ……」

奥を目指して、熱くて硬いものが隘路《あいろ》を突き進んでいく。

セシルは涙を零しながら、それでも悲鳴ひとつ上げずにヴィーの背中に必死でしがみつく。

自分で受け入れると決めたのだ。泣き言は言いたくない。

「セシル、力を抜け……。深呼吸すれば、少しは楽になる」

「は……っ、あ……あぁ」

懸命に深呼吸をしようとするが、耐えきれないほどの痛みに、まともに息が吸えない。

そんなセシルの様子に気づき、ヴィーは一旦腰の動きを止めた。

「すまない、セシル……。痛いな……」

言いながら、申し訳なさそうな顔でセシルの額《ひたい》や頬を撫でる。

そうされると気分が落ち着き、痛みが和《やわ》らいでいく気がした。

セシルは歪みそうになる顔に懸命に微笑を浮かべると、ヴィーの背にそっと触れた。

「いいの、ヴィー。ヴィーを受け入れるためなら、我慢できる……。だから、早くわたしをヴィーのものにして……」

「セシル……！」

掠《かす》れた声を上げたヴィーが、奪うようにセシルに口づける。

再び彼の腰がセシルの中を侵《おか》し始めたのは、その直後だった。

「んん……っ、ん、ふ……っ」

「君は、どうして、そんなに可愛いんだ……っ」

痛みは相変わらずだったが、狂おしいまでの欲望を滲《にじ》ませたヴィーの瞳を見れば、求められている喜びのほうが勝った。

「ヴィー、好き……好き……」

何度も何度も自分の思いを伝える。

彼が同じ言葉を返してくれることはなかったが、それでも愛《いと》おしげに見つめられるだけで、セシルは満足だった。

絡みつくように締め付けを強くする肉壁をかき分け、熱杭が奥を目指す。

やがてセシルの中から、熱い液体が滴《したた》り落ちた。蜜とも違う感触の正体が血であることは、マノンの話を聞いて知っている。

あぁ、とセシルは唇を戦慄《わなな》かせて声なき声を漏らした。

これで、ヴィーのものになったのだ。

やや遅れて、熱杭の先端が最奥にぶつかる。セシルの臀部《でんぶ》に、彼の腰が当たる感触があった。

「は、ぁ、ヴィー……」

「セシル……入ったぞ」

「終わり……なの？」

問い掛ければ、ヴィーは少し苦しげに微笑んだ。

「……いや。あと少し、我慢してくれ」

そう言うやいなや、彼がゆるゆると腰を動かし始める。

決して激しい動きではなかったが、破瓜《はか》の血を流したばかりのそこを擦られ、痛まないはずがない。

セシルは彼の背中にしがみつき、その痛みを堪《こら》えた。

「は……っ、ぁ、あ……っ、ヴィー……。ヴィーも、痛い？」

眉間に皺《しわ》を寄せるヴィーの姿に、セシルはそんなことを聞く。

中が狭《せば》まっているのは、感覚として自分でも分かっていた。自身を締め付けられ、彼が痛みを覚えていないだろうかと心配になったのだ。

しかし彼は、首を横に振ると熱っぽい声で答えた。

「……いや。君の中は、とても気持ちいい」

「良かった……」

彼がそう思ってくれるのなら、どんなに痛くても我慢できる。

好きな相手が自分の体で気持ち良くなっているのだという事実は、セシルの女としての自尊心を満たしてくれた。

健気《けなげ》なセシルの言葉に、ヴィーは何を思ったのか。

切なげに細められた眼差しの意味を理解するより早く、彼はセシルの上半身を抱え起こした。

「あ、……う」

繋《つな》がったまま彼の上に乗る形になり、自分の重みで熱杭がより深くまで沈む。

痛みに顔を歪めたセシルをぎゅっと抱きしめながら、ヴィーは耳朶《じだ》を甘噛みして囁《ささや》いた。

「こうして、じっとしていると少しは楽になるだろう」

「ん……」

セシルは甘えるように、彼の胸板に頬を擦りつけた。

裸の肌が触れ合うのが心地よく、抱きしめられていることに安心する。

しばらく、ふたりは無言で抱き合っていた。

だがやがて、ずきずきと痛んでいたセシルの内部が別の感覚を訴え始める。

じんじんと重い熱が溜まり、下腹部が疼《うず》きだす。

中に埋まる彼の感触を殊更《ことさら》に意識してしまい、少し動いただけで小さな声が零れてしまう。

「ん……っ」

「セシル？」

彼は、頬を染めてもぞもぞとし始めたセシルを見つめる。

だが、すぐにその口元に笑みを刻む。セシルが感じているのが苦痛だけではないと見抜いたからだろう。

「あ、あぁん……ッ」

「顔が蕩《とろ》けてきている」

「だって、おかしいの……。お腹の中、火傷《やけど》したみたいにじんじんして……」

「何もおかしいことじゃない。感じている君はとても可愛い」

「あぁっ……！」

ずぶ、と奥まで食い込んでくる。

入り口が限界まで押し広げられ、奥に熱がぶつかるのが気持ちいい。

目の前で火花が散り、またいってしまいそうになる。セシルは首を横に振って、その感覚に抗《あらが》おうとした。

「や、嘘、ヴィー……ッ、やぁッ、ま、またいっちゃう……！」

「ああ、何度でもいけばいい」

「あんっ、あうぅっ！　くふぅぅ……っ！」

ずん、ずんと一定の速度で奥を叩かれ、セシルは口を閉じることも唾液を嚥下《えんげ》することもできない。

そのうちにヴィーが、繋《つな》がっている場所のすぐ上に手を伸ばし、花芽を捏《こ》ね始めた。

鮮烈すぎる刺激に、セシルはほとんど悲鳴のような嬌声《きょうせい》を上げる。

「ひぁっ！　いやあぁッ、ンッ、んぁぁぁッ！」

「セシル、こんなに乱れて……。悪い子だ」

「やっ、ぁ……と、とけちゃう……っ、おかしくなっちゃう……っ」

ろれつの回らない口で訴えれば、ヴィーは嬉しそうに笑い、ますますセシルを甘く攻め立てる。

みだりがわしい音が耳をも犯し、セシルは仰《の》け反りながらヴィーの欲望を受け止めた。

自分が、蜂蜜のようにとろとろに溶けてしまう錯覚に陥《おちい》りつつも、セシルはヴィーにしがみつき続ける。

「あんっ、あっ、ひあぁッ……」

「は……すごいな。溢れてくる」

ずちゅずちゅと音が立つほどかき混ぜられたせいで、蜜はメレンゲのように白濁《はくだく》としている。

ふと、彼も気持ちいいのだろうかと心配になり、セシルは未だ回らない口で問い掛けた。

「ね、ヴィー……。ヴィーも、気持ちいい？」

彼は一瞬目を見開くと、蕩《とろ》けそうなほど優しい笑みで答えた。

「……ああ。君の中は、最高だ」

「あ……、嬉し……」

セシルは素直に感じたことを口にした。

好きな人が、自分を抱いて「気持ちいい」と言ってくれる。女として、これ以上嬉しいことはあるだろうか。

だがその言葉は、どうやら思った以上にヴィーの心を揺さぶったらしい。

「君は……っ。どうしてそう俺を煽《あお》るのがうまいんだ……！」

「えっ……!?　あ、きゃぁぁッ」

いきなり両足を彼の肩に担《かつ》ぎ上げられ、セシルは目を剥《む》いた。

秘部が天井を向くほど腰が浮いたと思った瞬間、上から叩きつけるようにどすどすと貫《つらぬ》かれる。

「あ――――……ッ！　あぁぁ……っ!!」

奥を捏《こ》ね回され、頭の中が何度も真っ白に染まる。手足がぴりぴりと痺《しび》れ、頭も体の中も、ヴィーでいっぱいになっていく。

「あぁぁ……っ！　ひっ、ぅ、や、やだぁ……ッ」

「く……セシル、出すぞ……っ」

「あ！　あ！　……ッや、……んん、はぁ、あ……っ！」

彼の言葉の意味は分からなかったが、もうそんなことはどうでも良かった。

彼の体がぶるりと震えた瞬間、体内に埋め込まれたものがびゅくびゅくと弾ける。じわじわと温かな液体がセシルの中を満たしていき、肉壁はそれを求めるようにきつく収縮した。

欲しい、もっと欲しいと、セシルの中が熱杭を貪欲に締め付け、最後の一滴まで搾《しぼ》り取る。

「は……ぁっ、あぁぁ……っ」

「はぁ……、は……っ」

ヴィーもまた、息を荒くしながら腰を前後させていた。

やがて萎《な》えたものが、体内から抜け出していく。

終わった、と思った。汗塗《まみ》れの体を寝台に横たえたまま、睡魔に襲われるセシルだったが、再び唇を塞がれる感触に、慌てて目を開ける。

そこには、未だ収まりきらぬ欲望を秘めたヴィーの瞳があった。

「んっ……、ふ、ぅく……っ」

「あぁ、セシル……。君は本当に可愛いな」

可愛いと言われるのは嬉しいが、これはいったいどうしたことだろう。

混乱の極《きわ》みにあるセシルの両足を開かせ、再び彼が入ってきたのはその直後だった。

「んんんッ!?」

ずぷりと奥まで貫《つらぬ》かれ、セシルは唇を塞がれたまま、喉の奥で悲鳴を上げる。

そんなセシルをぎらぎらと獣欲の滲《にじ》む瞳で見下ろしながら、ヴィーは掠《かす》れた声で囁《ささや》いた。

「すまないが、まだ収まりきらない」

無理！　と、セシルは心の中で叫んだ。

先ほどの行為だけで充分疲れ切っているのに、もう一度同じことをしたらきっと壊れてしまう。

それなのにヴィーはセシルの返事を待たず、激しく腰を動かし始める。

「あぁぁぁぁッ！　あっ、あっ、ひぃ……んっ」

絶頂を迎えたばかりのその場所はほどよく綻《ほころ》び、難なく男を受け入れる。

あれほど溢れた蜜は未だ留まることを知らず、ヴィーを手助けするように滾々《こんこん》と湧き出ていた。

「堪らないな、セシル……。好《よ》すぎて、どうにかなりそうだ」

興奮も露《あら》わに、ヴィーは激しくセシルの中を蹂躙《じゅうりん》する。

それは彼のがっしりとした外見に相応《ふさわ》しく、荒々しく力強い動きだった。

セシルは指で敷布を、髪をかきむしりながら、何度も仰《の》け反り首を振る。

「あ、あっ、やだ、やだぁっ、あ、あたま、真っ白にな……っ」

「またいきそうなのか？」

「んあぁァっ、いく、いっちゃ……あぁぁぁッ！」

喉が張り裂けそうなほどの甘い絶叫と共に果てたセシルだったが、それでもヴィーはまだやめてくれない。

びくびくと震えるセシルの中をごつごつと叩きながら、からかう口調で笑う。

「君は、覚えが早いな。初めてなのに、こんなに乱れて……」

いやらしい、と言われたような気がして、セシルは目に涙を浮かべながら耳まで真っ赤になる。

どうしてヴィーはそんなに余裕があるのだろう。もうセシルは、彼のこと以外何も考えられないほど乱されているというのに。

「はぁぁ、あっ、んぁぁぁッ！」

「セシル、もう少し声を抑えろ」

「だ、だって……っ」

「近所の人に聞こえてしまうぞ」

そこでようやく、セシルはハッと今の状況に思い至る。

この時間畑仕事に出ている人だっている。

この声を聞けば、中で何が行われているかは明白だろう。

だったらやめてくれれば良いのだが、ヴィーはまだそのつもりはないらしい。

「んっ、んくぅぅうっ！」

セシルの体を俯《うつぶ》せにしたヴィーは、背後からセシルの奥を突き上げる。

必死で奥歯を噛みしめたが、ヴィーは遠慮がなかった。

ずくずくと何度も出し入れを繰り返し、四つん這《ば》いのセシルの臀部《でんぶ》に自分の腰を何度も何度も叩きつける。

ぱん、ぱんと激しい破裂音が鳴り響く。

揺さぶられるたびに敷布に胸の先が擦れ、セシルは必死で声を抑えた。

「ひっ、ぁっ、ンぁぁッ、いやぁッ……！　こ、声、出ちゃ……っ」

「……仕方のない子だな」

子供に言うような口調でそう呟《つぶや》いた彼は、セシルのおとがいを掴み顔を自分のほうへと向けさせる。そして、不自由な体勢のままセシルの唇を塞いだ。

「ふっ、ぁっ、んあ……っ」

深い口づけはできないが、舌を絡め合い、唾液を交換する。

全身をじりじりと、熱い炎で炙《あぶ》られているかのようだ。

「んはぁ……、あ……んぁぁっ」

やがて呼吸が苦しくなり、どちらからともなく唇をぱっと離す。

そしてヴィーは覆い被さるようにセシルの背に密着し、薄い腹に手を回した。

「ヴィー……、ヴィー……っ」

「ああ、ここにいる」

彼の感触に安堵を覚え、セシルは己《おのれ》の腕を彼の手に回した。

セシルの腹に指を食い込ませ、耳を甘噛みしながら、ヴィーは律動を繰り返す。

そのうちに、彼の唇から甘く切羽詰《せっぱつ》まった囁《ささや》きが落とされた。

「もう限界だ、セシル……」

「あ、……っあぁ……っ」

絶頂の嬌声《きょうせい》は、ほとんど声にならなかった。

腹の奥がきゅうっと締まり、ヴィーのものに食らいつく。

するとヴィーは、小さくうめき声を漏らした。次の瞬間、先ほどと同じように温かな液体が体内に迸《ほとばし》る。

「は……はぁ……、あぁん……」

か細く震える声を上げながら、セシルは素直に欲望を受け止める。

ヴィーが中から出ていくと同時に腕から力が抜け、ぺたりと寝台に横たわった。背中に彼の残滓《ざんし》がぽとりと落ちてくるのを感じた。

ずるりと熱杭が引き抜かれ、セシルはか細い声を上げる。

埋めていたものがなくなったとたん、その場所からはどろりとしたものが溢れてくる。

ヴィーは、セシルが先ほどまで身につけていたタオルを腰に巻き、部屋を出て行った。

彼が戻ってきたのはすぐだった。

ヴィーは寝台に腰かけると、手にしていた布でセシルの体を優しく拭《ぬぐ》う。

「う……ん」

汗塗《まみ》れの体が清められていくのが心地よい。

足の間は特に念入りに綺麗にされ、セシルはヴィーの手によって全身を拭き清められた。

そうして寝台に横たえられると、ヴィーが優しく頭を撫でてくれる。とろんと瞼《まぶた》が重くなり、セシルは夢現《ゆめうつつ》をさまよい始めた。

「よく頑張ったな。ゆっくり休め」

柔らかな声に、セシルの意識は静かに、夢の海へと沈んでいった。

◆

セシルがすやすやと安らかな寝息を立てて眠ったのを確認し、ヴィーは寝台から立ち上がる。浴室へと向かうと、未だ火照《ほて》る肌に冷たい水をかけて冷ました。

髪から冷たい雫《しずく》を滴《したた》らせながら、ヴィーは握りしめたり、開いたりを何度か繰り返す。

彼女を抱きしめた感触を思い出すように。

細身だけれど柔らかで、女性らしい丸みを帯びた体つきは、『子供』なんかではなく、立派な女のそれだった。

だからこそあえて子供呼ばわりすることで、これまでヴィーは何とか自制心を保っていたというのに。

セシルは恩人だ。素性も知れない自分を助け、面倒を見てくれている。そんな彼女に邪《よこしま》な視線を向けている自分は、なんと醜《みにく》いのだろう。

そう自覚はしているものの、雄としての本能が彼女に欲情することを止められなかった。

明るく、はつらつとした若い娘特有の魅力に満ち溢れた笑顔。はじけるような生き生きとした笑い声。そして、ふとした時に見せる女らしい淑《しと》やかさ。

その全てが眩《まぶ》しく、ヴィーの目を引き付けてやまない。彼女の全てを自分のものにしたいと思い始めたのは、いったいいつからだっただろう。

きっと、あのジョシュという青年と話しているところを見た時が最初だ。親しげに話す姿に、表面では平静を装《よそお》いながらも、胸の内では小さな嫉妬の炎を焦《こ》がしていた。

記憶を失う前、自分はいったい何をしていたのか。いや、もういっそのこと思い出さずに、このままセシルと共に過ごせれば……。そんな風に思っていた矢先の出来事だった。

理性の部分では、こんなどこの馬の骨とも知れない男がそばにいては、セシルのためにならないと分かっている。

彼女は年頃の娘だ。いずれは身元のしっかりした男性と恋に落ち、結婚し、家庭を作っていく。そのためには、自分の存在は邪魔だ。

記憶が戻ろうとも戻らずとも、やがて出ていかなければならないだろう……と。

けれど、いざその時のことを想像すると、昏《くら》い考えに取りつかれそうになる。他の男に取られるくらいなら、その前に自分がさらってしまおうか……と。

そして今日、セシルの「好きな人がいる」という台詞《せりふ》に煽《あお》られ、とうとうその妄執《もうしゅう》が弾け飛んでしまった。

……セシル。

すすり泣きながら、健気《けなげ》に欲望を受け止めていた様子を思い出す。

活発で明るいセシルの、こんな風に悩ましい顔を見たのは自分が初めてだと思うと、男の自尊心はみるみるうちに満たされた。

覚束《おぼつか》ない拒絶の声にぞくりと体の芯が震え、セシルの全てを征服したい欲求に駆られたのだ。

一刻も早く彼女と繋《つな》がりたくて、己《おのれ》を突き入れた際、ヴィーはそのあまりの狭さに驚くしかなかった。

初めての女というのは、皆こんなに狭いものなのだろうか。恐らくだが、自分は処女を抱いた経験がないに違いない。

涙を流す姿を可哀想だと思う反面、この一生に一度しか体験できないであろう破瓜《はか》の痛みを与えているのが自分だということに、歓喜が沸き起こった。痛みを与えた分、それ以上の快楽を与えてやりたい。そんな思いから丁寧にほぐしていったが、あんな風に乱れるあどけないセシルを前にして、平静を保てるはずもない。つい、二度も抱くなどという無理をさせてしまった。

それにしても、よくぞあの年齢まで純潔を守ってくれたものだ。

ヴィーは、神とセシルに感謝したくなった。

何てだらしないことだろう。女ひとり抱いた程度で、ここまで顔を緩《ゆる》めさせるなんて。

「サークが見れば、明日は天から槍が降ると言うだろうな……」

当然のように唇から零れ落ちた男の名前に、ヴィーは首を傾げた。

……サークとは誰だ。

知らない名前だ。それなのに、口にした響きは妙にしっくりと、己《おのれ》に馴染《なじ》んでいるような感覚があった。

ずきん、と頭が痛む。そこは数日前まで腫《は》れていた場所だ。セシルが、岩にぶつけたのだろうと言って手当てをしてくれた。

いったい、自分は何を忘れているのだろう。

記憶を取り戻したいような、永遠にこのままでいたいような気がする。いや、セシルと一緒にいられるのならば、今のままでも良いのかもしれない。

ヴィーは頭を軽く振り、真っ黒で何も見えない記憶の沼から這《は》い上がった。

思い出せないということは、自分にとってその程度の思い出だったということだ。今は、セシルと過ごすことのほうがよほど大事なのだから。

もう一度頭から水を被り、ヴィーは浴室を後にした。

◆

六日後、セシルはヴィーと共に豊穣祭《ほうじょうさい》を訪れていた。

明日になれば、母が戻ってくる。体調は老医師の言っていた通りまったく問題ないのだが、診療所のお手伝いさんの料理が想像以上に美味《お》しかったらしく、喜んでいた。

今朝もセシルはヴィーと共に見舞いに行き、母の元気な姿に安堵したばかりだ。

「女将《おかみ》さん、元気そうで良かったな」

「うん、本当に……。戻ってきたら、無理しないようきちんと見張っておかなくちゃ」

答えながら、セシルは隣を歩くヴィーの手を密かにじっと見つめる。

手を、繋《つな》ぎたいなんて言ったら迷惑だろうか。

初めて体を重ねてから約一週間――。その間、セシルは何度もヴィーに抱かれた。

具体的に、好きだとか愛しているという言葉を聞いたわけではない。だけど、そばにいたいと言ってくれるということは、彼もセシルに対してそれなりの好意を抱いてくれていると思っている。

「あの、ヴィー……」

勇気を出して「手を繋《つな》ぎたい」と言おうと思ったその時、村の男がすれ違いざまにセシルたちに声を掛ける。

「よっ、セシル！　婿殿と一緒かい」

「む、婿殿って……」

セシルは赤くなり、ちらとヴィーを見る。彼のほうは別段動揺した様子もなく、苦笑していた。

ヴィーを助けて一ヶ月ほど経つが、彼はもう、この村の人々に『仲間』として認識されている。

もちろん、セシルもそうだ。もう、ヴィーのいない生活なんて考えられない。

本当に、彼が自分の婿になってくれれば嬉しいのに……

セシルは、そんなことを思うようになっていた。

「ねえ、ヴィー。わたし、牛肉の串焼きが食べたい！」

「こらこら、走るな。転ぶぞ」

「また子供扱いするんだから。大丈夫だって」

苦笑しつつたしなめるヴィーへ、セシルは笑って答えた。男女の関係になったとはいえ、基本的にヴィーのセシルに対する扱いは、以前とあまり変わりない。

それでも、ヴィーと歩いているセシルを見て、同じ年頃の少女たちが遠巻きに羨《うらや》ましそうな視線を送ってくる。その中には、悔しげに唇を引き結ぶマノンの姿もあった。

さすがに居心地が悪くなり、セシルは小声でヴィーに耳打ちをした。

「ねえ、やっぱりちょっと離れて歩かない？」

「なぜ？」

「だって……」

もし自分たちが本当に恋人同士だったなら、そんな視線は気にもしなかっただろう。

けれど、セシルとヴィーは体の関係はあっても、恋人ではない。

だから離れて歩こうと言ったのに、ヴィーは手を繋《つな》いでくる。

「そんなこと気にするな」

「か、簡単に言うけど、恨みを買うのはわたしなのよ」

「その時は俺が守ってやるから」

頼もしい笑みと言葉に、心が甘く疼《うず》く。

そんなことを言うから、期待してしまうのだ。ヴィーも、自分のことを好きかもしれないと。

まさか自分が、こんな風に恋をする時がくるなんて、思いもしなかった。

何せ、母への恩返しのために今まで頑張ってきたのだから。

「ほらセシル、君が食べたがっていた牛肉の串焼きが売ってるぞ」

「あ、本当だ。ヴィーも食べる？　わたし奢《おご》るわよ」

「女性に奢《おご》ってもらうとは、騎士の名折れ――」

いきなり言葉を途切れさせ、ヴィーは立ち止まる。

自分の発言に驚いているかのごとき表情だった。

「ヴィー？　今、何て言ったの？　よく聞こえなかったわ」

「いや……何でもない」

ヴィーは、何かをごまかすように笑う。

だが、セシルはそのまま流すことはできなかった。

正面からヴィーと向き合い、真剣な顔をして彼を見上げた。どことなく動揺が浮かぶ瞳へ向けて、語り掛ける。

「ねえ、ヴィー。もしかして、あなた……」

その時だった。人々のざわめきと共に、馬に跨《またが》った男がヴィーとセシルに近づいてきたのは。

男は騎士団の制服を身につけている。それも、普通の騎士の制服ではない。

全身に闇のような黒を纏《まと》い、金色の柄《つか》と鞘の剣を腰に佩《は》いている。膝まである長い軍《ぐん》靴《か》はよく磨かれた黒革で、ベルトには虎の紋章が刻印されていた。肩には黒い房飾りが揺れており、引き締まった体躯《たいく》が凛々《りり》しい。

それは、黒虎騎士団と呼ばれる、精鋭ばかりを集めた選りすぐりの一団の制服だった。

まだ二十代半ばほどに見える若い青年は、ヴィーの姿を認めるなりその表情を安堵に染め上げる。そして馬から降りると、その場に跪《ひざまず》き恭《うやうや》しく頭《こうべ》を垂れた。

「お探ししました、団長」

「団長……?」

呆けたように、セシルが呟《つぶや》く。横を見れば、ヴィーは驚きの表情を浮かべて青年を見下ろしていた。

「君は……、うっ」

「ヴィー⁉」

突然頭痛にでも襲われたのか、ヴィーが額《ひたい》を押さえて前かがみになる。とても苦しそうな顔をしていた。

「ヴィー！　どうしたの、ヴィー！」

うめき声を上げるヴィーは、セシルの呼びかけに反応しなかった。そのまま両手で顔を覆い、肩を上下させながら深呼吸を繰り返している。

やがて手の覆いを取った彼の表情は硬かった。氷のように冷たく、まるで知らない人間に見える。

「ヴィー……？」

伸ばした手がヴィーに届くより先に、彼は一歩踏み出し、騎士の青年を再び見下ろす。

青年も長身だったが、ヴィーにはとても敵《かな》わない。

「――サーク」

威圧感のある声で、ヴィーが青年に呼びかけた。聞いたことのない名前だったが、青年のことであるのは状況を見れば明らかだった。

「迷惑をかけたな。……どうして私の居場所が分かった」

「川の上流から下流にかけて、全ての村をしらみ潰しに当たりました。まさか、ここまで流されておられたとは……」

「あ、あの……っ」

セシルは混乱のまま、声を上げてふたりの話を遮《さえぎ》った。すると、サークと呼ばれた青年が不審そうな表情でセシルを見やる。

「失礼ですが、あなたは？」

ヴィーに向けた親しみのこもった態度とは対照的に、どこか事務的な視線だった。鋭い瞳にたじろいだセシルは、ヴィーに助けを求めた。

「ヴィー……」

だが、ヴィーはセシルとは目を合わせたくないとばかりに、ぱっと視線を逸らす。先ほどまで、手を繋《つな》いで歩いていた相手だというのに。

自分を拒絶するようなヴィーの態度に、セシルの胸の中に小さな罅《ひび》が入る。

背筋をすっと伸ばして前に進み出たヴィーは、セシルの代わりにサークへ静かに告げた。

「彼女は私の命の恩人だ。記憶喪失になったところを、保護してくれた」

「記憶喪失……!?」

「今、お前の顔を見て、自分のことも記憶を失う直前のことも思い出した。心配をかけたな、サーク」

「いえ……ご無事で何よりでした」

サークは、今度は先ほどとは打って変わって目元を和《やわ》らげると、セシルに向かって深々と頭を下げる。

「大変失礼いたしました、お嬢様。団長を救っていただき、感謝いたします」

「あ、あの……団長って……」

戸惑いながら、セシルはサークとヴィーとを見比べた。ヴィーは相変わらず、セシルと目を合わせようとしない。

胸の中に走った亀裂が、軋《きし》みを上げてどんどん広がっていく。

「このお方は、黒虎騎士団の団長で、ヴィクトラム・エルドール様と仰《おっしゃ》います」

「ヴィクトラム……」

ハンカチに縫ってあった『V』から始まる名前。

黒虎騎士団のヴィクトラム・エルドールといえば、武勲の誉《ほま》れ高く、国王の覚えもめでたい騎士の中の騎士である。他者に、そして誰よりも自らに厳しく、決して失敗を許さない完璧主義者として知られている。部下からは魔王のように恐れられ、庶民の間では『冷徹騎士団長』とも呼ばれていた。

まさかそれが、ヴィーだったなんて。

自分の知っている『ヴィー』と噂に聞く『ヴィクトラム』とのあまりの違いに、セシルはもう声も出ない。

サークは更に説明を続けた。

「休暇中、川を訪れた際につり橋が壊れ、そこから転落なさったのです。ずっと行方を探しておりましたが、ご無事でよかった」

「そう……だったんですか」

それ以外何を言って良いかも分からず、セシルは黙り込んだ。

サークはセシルから視線を逸らすと、ヴィーへと向き直る。

「さあ、城へ戻りましょう団長」

「領地のほうはどうなっている」

「何事もつつがなく。僭越《せんえつ》ながら、私が領主代行として団長の代わりを務めさせていただきました」

「ご苦労だった」

人に命令を下すのに慣れている言い方だった。

この人は、本当に黒虎騎士団の団長なのだ。立ち居振る舞いや言葉の端々《はしばし》から、それが滲《にじ》み出ている。

「いいえ、私は団長のお役に立つために存在しているのですから。……ああ、そういえばヒルダ様もたいそう心配しておいででした」

「ヒルダ殿が？」

「はい。団長のお帰りを、今か今かとお待ちになっていますよ」

ヒルダ。恋人か、あるいは奥方か――

騎士といえば、貴族か準貴族しかなれない職業であり、庶民にとってはほとんど、物語の中の存在である。領地や城を持つ者も少なくない。

そんな騎士団の、しかも長であるというのだから、セシルとヴィーとの出会いは夢のような出来事だったと言えるだろう。

もし、彼と結婚できたら、共に店を守《も》り立てて、やがて子供が生まれて……セシルは、そんな幸せな生活を夢見ていた。

けれど、夢はいつか覚めるものだ。

彼にはもっと相応《ふさわ》しい相手がいる。それを思い出したからこそ、ヴィーはこんな風に他人行儀な態度を取っているのだろう。セシルに期待させないために。

ヴィーのことが好きだ。

だからこそ、セシルはこの思いを諦めなければならない。ほかに相手がいるからこそ、決して彼の邪魔になってはいけないのだ。

ならばせめて別れの時こそ、潔《いさぎよ》さを見せたい。

セシルはきゅっと唇を噛み、震える両手でスカートの裾を握りしめた。そのまま、深く頭を下げる。

「知らなかったとはいえ、今まで失礼な態度を取ってしまってごめんなさい。ヴィー……いえ、ヴィクトラム様」

ヴィーの——いや、ヴィクトラムの目がセシルへ向けられた気配がした。けれど、彼が言葉をかけることはなかった。その必要がないと判断したからに違いない。

顔を上げたセシルは無理やり笑みを貼り付け、泣きそうになるのを堪《こら》えながら明るく言う。

「どうぞ、あなたのいるべき場所へお戻り下さい。店を手伝っていただき、ありがとうございました」

それでも涙が滲《にじ》むのは止められず、セシルは顔を隠しながらその場を走り去った。こんな風に逃げるなんてみっともないと思ったが、一刻も早くこの場から消えたかったのだ。

息が苦しくなっても、足が痛くなっても、セシルは走るのをやめなかった。

やがてたどり着いたのは、ヴィーと出会った川——一月《ひとつき》ほど前、彼はここにずぶ濡れで倒れていた。

そこでようやく走るのをやめたセシルは、荒い呼吸を繰り返しながら膝に両手を置いた。川のせせらぎと、ざぁざぁと吹き付ける風の音以外は至って静かで、時折村のほうから人々が賑《にぎ》わう声が聞こえてくる。

それが今のセシルには、どこか遠い世界のものに感じられた。この世界にひとりぼっちで取り残されたような心境になってしまう。

たった一ヶ月……けれど、セシルにとってはかけがえのない一ヶ月だった。

きっと、記憶の戻った彼にとってはどうでも良い時間だったかもしれないけれど。

婿殿、なんて言葉に胸をときめかせていた自分が、ひどく惨《みじ》めだった。

「う……っく……」

また大量に涙が溢れ出し、ポタポタと音を立てて地面に染み込む。

泣いてもヴィーは戻ってこない。肌に刻まれた温度も、彼の手の感触も、温かな眼差しも、もう二度とセシルに向けられることはない。

ヴィーを失ったセシルには、ただ泣くことしかできなかった。

第三章

それから数日間セシルは泣いて過ごした。といっても、母を心配させたくなくて、泣く時は部屋で声を殺して泣くことしかできなかったが。

カーラには、ヴィーが黒虎騎士団の団長で、部下と共に領地へ戻ったと簡単な説明をしておいた。

無理に明るく振る舞う娘の姿に、ヴィーとの関係を薄々感じ取ったのだろう。

「そうかい、寂しくなるねぇ」

そう言ったきり、カーラはそれ以上何も口にしなかった。

そしてヴィーがいなくなって一週間。母の体調も戻り、医師からも無理をしなければ大丈夫だとの診断を受けた。

店は以前と同じく通常通り営業を始め、セシルもそんな忙しさの中で、ヴィーのことを必死で忘れようとしていた。

彼とわたしとは、住む世界が違ったんだもの。元の生活に戻っただけよ。

そんな風に自分に言い聞かせるものの、すぐに切り替えることができない。まだ、振り向けばヴィーがいるような気がするのだ。短い間だったのに、彼の存在はあまりに大きかった。

道ばたに咲いた綺麗な花を見ても、裏庭に佇《たたず》む木を見ても、どこもかしこもヴィーとの思い出に溢れている。

セシルの頭に花を飾って、微笑んでくれたこと。

軽々と木に上って、デザートのための林檎《りんご》を採ってくれたこと。

ふたりで、湖の畔《ほとり》で横たわり、空を見上げたこと……

もう、ヴィーがいる前にどうやって過ごしていたのかも思い出せない。

そんな風に物憂《ものう》げな表情で悄然《しょうぜん》と立ち尽くすセシルに気づき、カーラが心配そうに声をかける。

「セシル、どうしたんだい」

「あ……ごめんなさい。少しぼうっとしてて……」

セシルは取り繕《つくろ》うように、首を横に振る。母には、自分とヴィーとの間にあったことは知らせないほうが良いだろう。

知られてしまえばきっと、心配をかけてしまう。自分の胸の中だけにとどめておこう。

「疲れてるのかねぇ。元気もないようだし。今日は、夜の営業はやめるかい？」

「わたしは大丈夫よ。それより母さんは？　体、きつくない？」

「セシルは心配性だねぇ。昨日も、もう大丈夫だって言ったばかりじゃないか。それに、週に二回は店休日にすることにしたんだから、心配ないよ」

大げさだとカーラが笑った瞬間、カランカラン、と軽《かろ》やかな鈴の音が鳴った。セシルは反射的に笑みを浮かべながら振り向く。

「いらっしゃい――ってなんだ、ジョシュか」

「なんだってなんだ。客だぞ俺は」

空いている席へ不服そうに腰かけるジョシュへ、セシルは注文を取るために紙とペンを持って近づく。

彼が注文したのは、トマトとヒヨコ豆のスープと、鶏肉の香草焼きだ。注文を言い終えるなり、ジョシュは声を潜《ひそ》めてセシルだけに聞こえるよう話しかけた。

「なあ。マノンたちが話してたんだけど、アイツ、本当に黒虎騎士団の団長だったのか？」

「え……」

『黒虎騎士団』の言葉に、セシルの表情が僅《わず》かに強張《こわば》る。

あれだけ人の目があったところで、サークがヴィクトラムを「団長」と呼んだのだ。ジョシュが知っていてもおかしくはない。

けれど正直今は、あまりヴィクトラムの話はしたくなかった。『ヴィー』を失った胸の傷は、まだ癒《い》えていない。それを気取られたくなくて、哀れみの目なんて向けてほしくなくて、誰かにヴィーのことを聞かれても、あえて明るく答えていた。

たとえ相手が気の置けない幼馴染《おさななじみ》でも、それは同じことだ。

セシルは笑みを浮かべて、何てことのない話のように答える。

「……そうよ。お祭りの日、部下の人が迎えにきたところ、あなた見てなかったの？　黒虎騎士団の制服、初めて見たけどすごく格好良かったわ」

「残念ながら、俺は祭りに参加してなかったからな」

「そうなの？　一緒に行ってくれる人が見つからなかったのね」

「茶化すなよ」

滅多にないほど真剣な顔で、ジョシュがセシルを見上げる。たじろいでしまうほどまっすぐな目に、セシルは笑いを引っ込め、驚き交じりに見返した。

「ど、どうしたのよ、いきなり真剣になって……」

「お前に話があるんだ。昼の営業が終わったら、店の裏に来いよ。待ってるから」

「え？　で、でも夜の準備が……」

「すぐに終わるから」

ジョシュの迫力に呑まれ、セシルは頷くことしかできなかった。

ジョシュがこんな顔をしてまで話したいことというのは、いったい何なのだろう。悪い話でなければいいけれど。

落ち着かない気持ちで昼の営業時間を終えたセシルは、カーラに断ってから店の裏へと足を運んだ。

そこには宣言通りにジョシュが待っており、セシルの姿を見るなりどこか安心したように肩の力を抜く。

なんとなくいつもとは違う雰囲気を感じ取り、セシルは居心地の悪さを感じながら彼に近寄った。

「話って、何？」

するとジョシュは一瞬躊躇《ためら》うようなそぶりを見せた後、けれどきっぱりとした言葉を放つ。

「あのさ。お前、アイツのこと好きだったんだろ」

「アイツって……」

「とぼけんなよ。お前がヴィーって呼んでたあの男のことだ」

指摘され、セシルは動揺する。

どうして、その話を持ち出すの？　せっかく忘れようとしているのに。

恋心を思い出させる言葉に、必死で塞ごうとしていた胸の罅《ひび》がまた小さな音を立てて広がっていく。

傷ついた胸の内をどう処理していいかも分からず立ち尽くすセシルに、ジョシュが距離を詰める。そして、硬い声で言った。

「俺にしておけよ」

「え……？　どういう意味――」

「だから！　お前のこと好きだから、俺にしろって言ってんだよ!!　察しろよ、お前は本当に鈍い女だな!!」

怒鳴るような告白が、あまりに予想外すぎて頭に入ってこない。セシルは唖然《あぜん》とするしかなかった。

好き？　誰が、誰を？

だが、しばらくして真っ赤なジョシュの顔を見ているうちに、じわじわと彼の言葉の意味が呑み込めてきた。

彼が自分のことを好きだなんて、初耳だ。それに、普段から憎まれ口を叩くばかりで、少しもそんなそぶりは見せなかったではないか。

無言のままのセシルに、ジョシュは更に怒ったように言葉を重ねる。

「俺だったら、お前を置いてどっか行ったりなんかしねぇ。ずっとそばにいてやれるし、身分の差だって気にせず結婚できる」

「ちょ、ちょっと結婚って……」

慌てて周囲を見渡す。家の裏などという雑多な場所でするような話ではない。冗談かとも思ったが、ジョシュの様子は真剣そのものだ。

いくらセシルが鈍くとも、さすがにここまで言われると笑い飛ばすわけにもいかない。

だが、ヴィーがいなくなったばかりで結婚なんて、今は考えられなかった。

ジョシュの気持ちは、もちろん嬉しい。好きか嫌いかで言えばもちろん好きだし、親しみも持っている。これからも仲良くしたいとも思っているし、好きだと言ってくれるのもありがたい。

けれどそれは、幼馴染《おさななじみ》としての話だ。決して、ヴィーに抱いていた気持ちとは違う。

断ろうと口を開いたセシルの両手を、ジョシュはぎゅっと握りしめる。その力は強く、思いを伝えるかのように掌《てのひら》が熱い。

「お、俺、お前のこと大事にするし、浮気なんか絶対にしない、だから――」

その時、突然ふたりの間にぬっと大きな影が差した。話に集中するあまり、誰かが近づいてきたことに気づかなかったのだ。

影の持ち主に目をやり、セシルは思わずあっと声を上げた。そこにいたのは、数日前にこの村を出て行ったばかりのヴィクトラムだったからだ。

全身黒の制服に包まれ、腰に細身の剣を佩《は》いた姿で、騎士団長の証《あかし》である銀色の紋章を胸に付けている。夏の日差しを受け、よく磨かれた黒い長靴《ちょうか》は目映《まばゆ》いほどの光を放っていた。

眼差しは、目が合うだけで竦《すく》み上がってしまう厳格さに彩《いろど》られており、引き結ばれた口元には意志の強さが感じられる。

どこからどう見ても完璧な、凜々《りり》しくも近寄りがたい屈強な騎士の姿が、そこにあった。

「――取り込み中だったか」

以前までの親しみやすさが完全に消え失せた、冷徹騎士団長の名に相応《ふさわ》しい表情と声で、ヴィクトラムが問い掛ける。

その咎《とが》めるような口調に、なんだかいけないことをしていた気持ちになり、セシルは慌ててジョシュに掴まれていた手を振りほどいた。

ヴィクトラムはそんなセシルとジョシュを冷たい目で見下ろすと、ジョシュに言葉を

かけた。

「悪いが、彼女に話がある。外してくれないか」

彼女という他人行儀な呼び方に、セシルは少なからず衝撃を受けた。もう、以前のように「セシル」と親しげに呼んではくれないのだろう。

でも、仕方ないわよね……身分が違うんだもの。

以前のように接してほしいなどと思う方が贅沢なのだ。身の程をわきまえなければ。

ジョシュも、以前ならば確実に反発していただろうに、今のヴィクトラムの厳《いか》めしい雰囲気に気圧《けお》されて何も言えないでいる。

「わ、分かった。セシル、さっきの話はまた今度な」

それだけを口にして、すごすごと立ち去っていった。

ジョシュの背中を見送り、ヴィクトラムが改めてセシルと向かい合った。

先ほどまで忘れよう忘れようとしていたのに、いざこうして目の前に現れれば、愛しさと悲しみに胸が軋《きし》む。

以前までの彼と、今の彼は別人だ。それでも、どこかにヴィーのかけらが残っていないかと探してしまう自分が悲しい。

ジョシュが去っても、ヴィクトラムの態度は変わらず冷淡だ。肌を重ね、笑いあったあのヴィーは、やはりもういないのだ。

痛む胸を守るように、セシルは手で胸元を押さえた。できるだけ平坦な声を装《よそお》いながら、後ずさりしつつ問い掛ける。

「何のご用ですか……？」

「先ほどは、何の話をしていた」

セシルの質問を無視し、ヴィクトラムが聞いてくる。彼には何の関係もないのに、そんなことを気にするのはなぜなのか。

答える義務はないと思ったが、セシルもまた、彼の雰囲気に気圧《けお》された内のひとりであった。冷たい茶色の目に促《うなが》されるように、つたなく言葉を紡《つむ》ぐ。

「け、結婚を前提に付き合おうみたいなことを……」

「結婚？　……受けたのか」

ヴィクトラムの声が不意に低くなり、眉間に深く皺《しわ》が寄る。その表情が、セシルの心を密かに傷つけたことに、彼はきっと気づかないだろう。

不可解そうな顔だった。まるで、こんな小娘のどこに、結婚しようと思えるほどの魅力があるのだ、とでも言いたげな。

奥歯を噛みしめながら、セシルは黙って首を振った。声を出せば、体裁も憚《はばか》らず泣きだしそうだった。

そんなセシルの態度に、まともに返事もできないのかと呆れたのだろう。ヴィクトラムは深い溜息を吐き、口元に手をやっている。やがてその手を外すと、彼は淡々とした声で言った。

「今日は、君に改めて礼を言いに来た。記憶喪失の私を助けてくれて、感謝する。おかげで命拾いした。身元不明の私を家に置いてくれたことも、ありがたく思っている」

「い、いえ。当然のことをしたまでですから……」

威圧的な態度に怯《ひる》みながら、セシルはぎゅっと衣服の胸元を握りしめる。

単なる村娘と、騎士団長。その距離は遠い。だがこれこそが、ふたりのあるべき姿なのだ。

「わざわざお礼を言いに来て下さるなんて、ありがとうございます。あの、わたしそろそろ仕事に戻りますので……」

「待て。まだ話は終わっていない」

逃げるようにその場を立ち去ろうとしたが、ヴィクトラムがそれを制止する。

これ以上、何を話すことがあるのだろう。

不思議に思って立ち止まったセシルを見下ろし、彼は淡々と告げた。

「私は、君を雇いたいと思っている」

雇う？　わたしを？

一瞬、何か聞き間違いをしたのではないかとセシルは耳を疑った。まさかそんなことを言われるだなんてつゆほども思っていなかったからだ。

きょとんとするセシルに、ヴィクトラムは構わず話を続けた。

「ああ。我が城では今、料理人が不足している。だから、君を専属料理人として雇いたい」

「専属料理人……」

「城の厨房《ちゅうぼう》で働く気はないか。君の料理は美味《うま》かったし、一月《ひとつき》も面倒を見てもらった恩がある」

「恩だなんて、そんな……」

見返りが欲しくて、彼を家に住まわせていたわけではない。それなのに義務のような言われ方をされ、かつての思い出が全て色あせた心地になる。

わたしはただ、ヴィーと過ごすのが楽しくて、そうしていただけなのに……

そんなセシルの心も知らず、ヴィクトラムは淡々と話を続ける。

「もちろん給金は今の収入以上のものを約束するし、休日もきちんと設《もう》ける。疲労で倒れたばかりの君の母上にとって、好条件だと思うが」

「それは……」

セシルは押し黙り、思案した。

確かに、このところ将来について悩むことが多くなっていた。

カーラは大丈夫だと強がるけれど、疲労で倒れるというのは大ごとだ。年齢も年齢だし、もうそろそろ無理が利かなくなってきているのだろう。

それに、セシルが結婚を意識する年齢になったこともあり、時には酔っ払いの相手をしなくてはならない夜間の営業をやめようかとも考えているようだ。そうなれば、当然ながら収入は半分近く減る。生活費に困ることは必然だ。

だったら、ヴィクトラムの城で仕えたほうが母のためにも良いのかもしれない。

だけど……

「わたしひとりでは決められません。母に相談してから、お返事しても良いですか?」

「ああ、もちろんだ。二、三日後にまた来る。その時までに、返事を用意しておいてくれ。……それから」

「は、はい」

「体調を崩したりはしていないか。たとえば、つわ……吐き気があったり、微熱が続いたり――」

「いえ、特には……おかげさまで元気です」

セシルの言葉に、ヴィクトラムはどこか落胆した様子だった。具合が悪いほうが良かったのだろうか。

戸惑うセシルに別れの言葉すら言わず、ヴィクトラムは来た時と同じように静かに去っていく。ぼんやり立ち尽くしていると、少し離れた場所で馬の嘶《いなな》きが聞こえ、遅れて蹄《ひづめ》が大地を蹴る音がした。

確か黒虎騎士団の本拠地である彼の城は、メレル村から遠く離れた街にある。わざわざこんな遠い場所まで馬で駆けてきたということは、よほど深刻な料理人不足なのだろう。

しばらくヴィクトラムが消えた方向を見ていたセシルだったが、やがてうち沈んだ表情のまま店のほうへと引き返した。

ヴィクトラムへの個人的な感情はさておき、母のためにも今の話をきちんと伝えて、今後のことを話し合うべきだ。

――そうしてセシルから話を聞いたカーラは、少し驚いていたが、断るようなそぶりは見せなかった。ただ、セシルに穏やかに問い掛ける。

「お前はどうしたいんだい？」

「わたしは……母さんのためにも、お城に仕えたほうが良いんじゃないかって思ってるわ。お給金もたくさん出してもらえるみたいだし、生活費も仕送りできるから、母さんが困らないと思うの」

正直に言えば、ヴィクトラムのそばにいてまともに仕事ができるかどうか自信はなかったけれど、母の役に立ちたいというのは本心だ。

「私のことは気にしなくて良いんだよ。貯《たくわ》えも少しはあるし、仕送りなんてなくても、慎《つつ》ましくすればそれなりに生活できるもんさ」

「でも……」

「セシル、行きたいんだろう」

真剣な母の瞳に、セシルはドキリとした。ヴィーとの間にあったことを、まるで全て見透《みす》かされたような気がした。母のためなのはもちろんだが、ヴィクトラムのそばにいたいという気持ちもあったのだ。

「隠さなくても良いんだよ。これでも母親だからね。娘が何を望んでいるか、どうしたいか、そのくらいのことは分かっているつもりさ」

「母さん……」

「お行き、セシル。私の心配はいらないから。自分のしたいようにやりなさい」

その言葉は、迷うセシルの心を後押しするかのように優しく、そして力強かった。

「ありがとう、母さん……」

結局、セシルは母の言葉に甘えることに決めた。

この思いが実《みの》ることはもうないだろうけれど、彼のために料理を作って貢献するくらいならば、きっと赦《ゆる》されるだろう。

「わたし、ヴィーの……ヴィクトラム様のところで、母さんに鍛えられた料理の腕前を生かしてくるわ」

失恋の痛手に軋《きし》む心を前向きな考えで押し潰し、セシルは笑顔で頷いた。

それから二週間後、セシルは荷物を小さな鞄に詰めて家を後にした。母のことは近所の人に頼んであるし、店にもひとり、手伝いをしてくれる娘を雇い入れた。

ヴィクトラムにはすでに、彼の城で仕えたいという旨を伝えてある。城までは、彼自らが迎えにきて連れて行ってくれる手筈《てはず》となっていた。

「皆、今までお世話になりました。また休みの日には帰ってくるから、母さんのことよろしくね」

待ち合わせ場所の村外れで、セシルは見送りに来てくれた村人たちへ頭を下げた。

老若男女《ろうにゃくなんにょ》問わず様々な人間がそこにいたが、いずれも、これまで『七つの波止場亭』

をよく利用してくれていた人たちばかりだ。

「寂しくなるけど、頑張るんだよ」

「応援しているからね！」

村人がそれぞれに、セシルへ激励の言葉をかける。誰もが応援してくれていた。

「ええ、ありがとう」

礼を言いながら、セシルはジョシュの姿を探す。しかし、彼はどこにもいなかった。

実は昨日、セシルを見送るため『七つの波止場亭』でお別れの食事会を開いたのだが、その時もジョシュは姿を現さなかった。

セシルがいなくなるので拗《す》ねているのだろうと、友人たちは言っていた。

ジョシュには悪いと思うけれど、それでもセシルはヴィクトラムのそばにいることを選んだのだ。いつか、自分のことを忘れて別の女性と幸せになってくれれば良い。そんな風に密かに願う。

そうして村人たちとの別れを惜しんでいると、やがて遠くから馬車のやってくる音が聞こえた。この辺りで見かけるような質素な幌馬車《ほろばしゃ》ではなく、四頭立ての立派な馬車で、黒い虎の紋章を掲げている。黒虎騎士団の馬車だ。

それは村の少し手前で止まり、御者台《ぎょしゃだい》からひとりの騎士が降りてくる。遠目でも、それがヴィクトラムだと分かった。

制服を着た彼を目にしたのは村人たちも初めてで、皆呆気にとられて声も出ないようだ。無理もない。以前の彼とは、まったく雰囲気が違うのだから。

凍り付いた村人たちには構わず、ヴィクトラムはカーラの前に進み出た。

「娘さんを迎えにきた。責任をもってお預かりするから、ご心配なきように」

「よろしくね、ヴィー」

意外にもカーラだけが、以前と変わりなくおっとりとした笑みで、そう告げた。

騎士様なのに、とセシルは慌てたが、ヴィクトラムは特に気分を害した様子はなかった。静かに頷くと、セシルの鞄を持ち上げてさっさと歩き始める。

たったそれだけ？　と思うほど、あっさりとしたやりとりだった。

「そ、それじゃ、行ってきます。皆、母さん。元気でね」

セシルは慌てて皆へ頭を下げると、ヴィクトラムの後を追いかけた。

足の長いヴィクトラムは、その分歩幅も大きい。懸命についていくが、途中で何度も転びそうになってしまう。

そんなセシルをちらりと見やり、ヴィクトラムは歩幅を小さくして歩く速度を緩《ゆる》めてくれた。

「早くついてこい」

「あ、はい……申し訳、ありません」

素っ気ない口調に、苛立《いらだ》たせただろうかと不安に思いつつ、セシルはなるだけ大股でついていく。何せ噂では、他人に厳しく冷徹と恐れられる騎士団長である。あまりノロノロしていると、もっときびきびしろと怒鳴られるかもしれない。

半ば息を切らせながらついていき、馬車の止めてある場所へとたどり着く。

「乗れ」

短い命令の言葉に、セシルは反射的に返事をして急いで馬車に乗り込む。

悪いことをしているわけでもないのに、どこか咎《とが》められているような気持ちになるのは、きっとヴィクトラムの冷たい瞳のせいだ。こんな目でじっと見つめられたら、どんな命令にも従わざるを得なくなるだろう。

馬車の内部は外観から想像するよりもずっと広く、金糸で縁《ふち》取りのされた豪奢《ごうしゃ》なクッションが置いてある。セシルひとりであれば、横になって眠れそうだ。

ヴィクトラムも一緒に乗り込むのかと思って待っていたが、扉は目先でさっさと閉められてしまう。そういえば、来た時に御者台《ぎょしゃだい》に座っていたことを思い出した。

馬車の中で、少しは話ができるかもしれないという期待が外れる。

ひとりきりの車内で、セシルはふっと息をついた。なんだか疲れてしまった。

今のヴィクトラムと話すと、どうしても身構えてしまって、体中に無駄な力が入ってしまう。そのせいで肩や首が強張《こわば》っていた。本当ならば、以前のように親しく言葉を交わしたいのだが、それは贅沢だと分かっている。それに、自分自身できる気がしない。

何せ彼は、騎士団長様なんだもの……

寂しい心に慰《なぐさ》めを求めるため窓の外を見ると、見慣れた光景がどんどん遠ざかっていく。立ち並ぶ家々、村の入り口の看板、小さい頃から慣れ親しんだ森――

豊かな緑に囲まれたメレル村を離れれば、放牧された牛たちが長閑《のどか》に牧草を食べる姿が見えてきた。その牛も蟻《あり》のような大きさになり、馬車はやがて舗装された道に入る。

もう、メレル村はかけらも見えない。

感傷的な気分になりかけ、セシルは慌てて頭《かぶり》を振った。二度と帰ってこられないわけではない。休みの日はいつだって里帰りしていいと、ヴィクトラムも言ってくれたのだから。

この道を進んだ先に、彼の住む城がある。

いったいどういう場所なのだろう。広くて美しい場所であると想像はつくものの、セシルが目にしたことのある城なんて、小さい頃に読んだ絵本の挿絵くらいのものだ。

怖い先輩がいたらどうしよう。こんな田舎出身で、作法がなっていないと叱られるかもしれない。様々な不安が頭の中を巡り、どんどん気持ちが暗くなっていく。

後ろ向きな考えは駄目だと分かっているけれど、誰かに励ましてほしい。でも、こんな弱音を吐いたらきっと、ヴィクトラムに甘えるなと一喝されてしまうだろう。

自分で選んだ道なのに、ひとりぼっちになった気持ちになるなんて、確かに甘えなのかもしれない。

頑張らなくちゃ……

そんなことを考えているうちに、いつの間にかセシルは眠りについていた。

そして、夢を見た。それは近頃毎日のように見る、ヴィーの出てくる夢だ。

夢の中では、セシルはヴィーと共に過ごし、楽しく笑いあっている。ふたりで一緒に食事をしたり、川に魚を獲りに行ったり、裏の畑で作物を収穫したり……

そんな他愛もないことばかりだったけれど、セシルにとっては幸せな光景だった。

けれど、その夢は唐突に終わりを迎える。

ふっと周囲が暗くなったかと思うと、いきなりヴィーは消え、セシルはひとりでそこに取り残されるのだ。もちろん今日も変わらない。いつもと同じく、ひとりきり――

夢の中で何度も必死にヴィーの名前を呼ぶけれど、彼はいつまで経っても返事をすることはなかった。まるで、存在自体が完全に消えてしまったかのように。

悲しい夢に、眠るセシルの瞼《まぶた》を割って涙が溢れ出す。

いつの間にか馬車は目的地に着いたが、セシルが気づくことはなかった。透明な雫《しずく》は、まだ頬を濡らしている。

やがて馬車の扉が開き、ヴィクトラムが姿を見せる。セシルを起こそうとした彼は、その頬を涙が濡らしているのを見て、苦しそうな顔をした。

そっと視線を逸らす彼が、セシルの涙の理由をどう思ったのか。眠り続けるセシルはそれを知ることなく、ヴィクトラムに抱えられて城の一室へと運ばれたのだった。


起きた時、セシルは自分が見知らぬ部屋の寝台に寝かされていることに気づいた。

見覚えのない天蓋《てんがい》。淡い紫の花柄の壁紙。そして、磨かれた白木が美しい調度品——テーブルの下には、複雑な模様の絨毯《じゅうたん》が敷かれており、壁には神話を描いた絵画が掛けられている。

物語で聞いた名家の屋敷そのままの様相だ。

夢でも見ているのかしら？

百合のような甘い花の香りを嗅《か》いでいると、そう思えてくる。だが、これが間違いなく現実だということは、カーテンの隙間から差し込む陽光の熱さが証明していた。

しばらく状況を理解できなかったが、やがて目覚める直前のことを思い出し、青ざめる。

そういえば、村を出てヴィクトラムの城で働くことになったのだった。

馬車に乗り込み、いろいろと考えごとをしていたら眠気に襲われ……それからきっと、眠ってしまったのだろう。薄《うっす》らと誰かが自分を抱いて運んでくれた記憶はある。

全身に伝わるかすかな揺れと、自分の体を包み込むしっかりとした腕の感触。

覚えのある温もりは、ヴィクトラムのものだったように思う。ということは、ここまで彼が運んでくれたのだろうか。

「最悪だわ……」

起き上がりながら、セシルは頭を抱えた。初日から大失敗だ。雇い主の馬車の中でうっかり寝過ごし、そのまま運ばれても起きることなく眠り続けるなんて。

緊張で前日からよく眠れなかったとはいえ、それは何の言い訳にもならない。

差し込む光は橙色《だいだいいろ》と赤の入り混じったどこか物寂しい色で、今が夕刻であることを告げている。

村を出たのは明け方だ。あれから移動に多少時間がかかったとしても、ずいぶん長いこと眠ってしまっていたことになる。

ヴィクトラムは怒っているだろうか。

やっぱり雇うのをやめると言い出さないだろうか。

不安で仕方ないセシルの耳に、扉を叩く音が聞こえた。

「は、はいっ！」

上ずった声で返事をすると、取っ手を回す音と共に扉がすっと開く。ヴィクトラムがそこに立っていた。

「起きたか」

「すみません、わたし眠ってしまって……！　あの、お仕事は」

「ああ、良い。元々明日からの予定だった。だが、これからは気を引き締めるように」

「はい、申し訳ありません……」

謝るセシルをちらりと一瞥《いちべつ》し、彼は持っていた布をセシルの膝の上に置く。広げてみれば、それは清潔そうな調理服とエプロン、それから三角巾だった。

「これが君の制服だ。明日からこれを着けて厨房《ちゅうぼう》に立ちなさい」

「わ、分かりました……」

「靴は後でメイドに届けさせる。その際、城の案内をしてもらうように」

てきぱきと指示を出す彼の表情からは、眠りこんでしまったセシルに対する怒りは見当たらず、とりあえず安堵する。初日だから、大目に見てくれたのかも知れない。

それにしてもメイドだなんて。彼は本当に騎士団長様なのだと、そんな言葉ひとつから実感してしまった。

「あの、ヴィクトラム様。使用人部屋はどちらですか？」

「使用人部屋？」

セシルの問いに、ヴィクトラムが眉間に皺《しわ》を寄せる。セシルはおずおずと、小声で告げた。

「わたしの住む部屋はどこなのかと思って……」

「ここが君の部屋だが、何か不満でもあるのか」

当たり前のように言い放たれ、セシルは絶句した。

ここがわたしの部屋……!?

贅沢な暮らしとは程遠いセシルでも、この部屋の調度品や家具が高価であることは分かる。こんな立派な部屋に自分が住むだなんて、とても信じられない。

「い、いいえ！　不満だなんて。あ、あの……物置とかで充分なんですけど」

「物置？　冗談を言うな、君は俺を、恩人を物置などに住まわせるような甲斐性のない男にしたいのか」

「いえ……すみません」

さすがに失言だっただろうか。馬鹿にしたと思われたかもしれない。セシルは縮こまりながら謝った。

きっとヴィクトラムにとっては、こんな部屋など大したことないのだ。騎士として貴族同然の暮らしをしているのならば当然だろう。

それに使用人をぞんざいに扱うことは、彼の雇い主としての矜持《きょうじ》に反するのかもしれない。そう考えると、素直にこの部屋に住むしかないと思えた。

「立派なお部屋をありがとうございます」

「部屋のことなんかより、もっと気にするべきことがあるだろう」

どこか冷たく言い残し、ヴィクトラムはさっさと部屋を後にする。無駄な会話の一切ない、事務的なやりとりだった。

もっと気にするべきこと……きっと、明日から始まる仕事のことを言っているのだろう。確かにその通りだけれど、仕事以外の会話など必要ないと言わんばかりの態度が、寂しい。

寝台の上で膝を抱え、セシルは一息つく。

早く、彼の態度にも慣れなくちゃ。

いつまでも以前との違いに傷ついているようでは、まともに仕事などこなせないだろう。

「——よし！」

頬を両手で軽く叩いて気合を入れ、寝台から下りたセシルは、まず部屋の探索をすることにした。実家の自分の部屋がふたつ、三つは収まるくらい広い部屋だ。

大きな衣装棚に、バルコニーへ繋《つな》がる広い窓。大人ふたりは優に眠れるであろう、巨大な寝台。何もかもが、セシルの身に余る。

「あったあった」

部屋の奥の扉を開いたセシルは、そこにあった洗面所を見て声を上げた。大理石でできた器《うつわ》には綺麗な水が張られており、洗面台の横には清潔なタオルも用意してある。

悩んでいるのは性に合わない。とりあえず、顔でも洗って気持ちを切り替えよう。

汲んできて間もないのか水は冷たく、目を覚ますにはちょうど良い温度だった。二、三度顔に水をかけたセシルは、布で水気を拭《ぬぐ》って部屋へ戻る。

鏡台の前で乱れた髪を綺麗に結い直し、鏡の中の自分と目を合わせた。これから、ここでの生活が始まる。出発前に母に言われた言葉をぽつりと口にした。

「頑張りなさい、セシル。あなたならできる」

自分に言い聞かせるように何度か言うと、セシルは「よし」と頷いた。程なくして廊下に繋《つな》がる扉を叩く音がし、女性の声が聞こえてくる。

「失礼します。入ってもよろしいでしょうか」

「は、はい！」

やや緊張しながら返事をすると、扉が開いた。現れたのは、セシルより歳下に見える若い娘だ。

黒髪に黒い瞳をした可愛らしい少女で、紺《こん》のワンピースにエプロンとヘッドドレスを身につけている。恐らくこの城で働くメイドなのだろう。

セシルと目が合うと、彼女は人好きのする笑みを浮かべた。

「初めまして、セシル様。私は、旦那様よりあなたのお世話をするよう言いつかっております、アニエスと申します。どうぞよろしくお願いいたします」

「え、あの、お世話って……」

「身の回りのことや、お困りのことは何でもお申しつけ下さいね」

アニエスは張り切っている様子だが、使用人に使用人がつくだなんて、何だかおかしな話だ。ただの料理人がこのような好待遇を受けても良いものなのだろうか。

それとも、貴族社会ではこれが普通なの？

メレル村で生まれ育ったセシルには、何が普通なのかも分からない。

「あの、アニエスさん」

「どうぞお呼び捨て下さい。私はセシル様のお世話係ですし、それに私のほうが三つも歳下ですもの」

ということは、アニエスは十五歳ということになる。その割にはとてもしっかりしているが、貴族の城に仕えるメイドというのは、皆このような感じなのだろうか。

「それじゃ、……アニエス」

「はい、セシル様」

遠慮がちに呼べば、にこりとアニエスが笑う。なんだか素直そうな娘だ。

「このお城では、使用人に使用人がつくのは普通なの？」

「いいえ。ですが、旦那様はセシル様のことを、命の恩人だから丁重に扱うようにと仰《おっしゃ》っておいででした」

それを聞き、セシルはようやく納得した。ヴィクトラムは騎士だ。騎士というのは、義を重んじるものだと常日頃から耳にしている。

ヴィクトラムもきっと、セシルに恩義を感じているからこそ、このような好待遇をしてくれているのだろう。

セシルとしては、好きで面倒を見ていたのだし、恩返しなんてしてもらう必要はないと思っているのだけれど、それは彼の自由だ。申し訳ないと思うならば、一生懸命働いてその厚意に報《むく》いればいい。

「それではセシル様、城内を案内いたしますね。私についていらして下さい」

「え、ええ」

ここが今日から自分の住処《すみか》となるのだ。迷子にならないよう、しっかり覚えなければと、セシルは表情を引き締める。

アニエスの後をついて部屋を出ると、そこには長い廊下が広がっていた。

廊下には緑色の絨毯《じゅうたん》が敷かれており、両側の壁には絵画が飾られている。

等間隔に並べられた台座の上には美しい花が生けてあり、ふんわりと良い香りを漂《ただよ》わせていた。部屋に飾られていた花とは、また違う種類の匂いである。

「こちらの棟は、居住区になっています。一階がメイドや使用人たちのための部屋で、二階には旦那様のお部屋や客間が並んでいます」

「それじゃ、わたしの部屋は――？」

「客間のひとつで、翡翠《ひすい》の間という名前がついております」

アニエスの答えに、セシルは内心で青ざめた。高級な客間を使わせてもらうなんて、汚してしまったらどうしよう。

急に不安になるセシルには気づかず、アニエスはそのまま城内の説明を続ける。

「こちらをまっすぐ行った突き当たりが、旦那様のお部屋です。執務室と私室が一緒になっているため、一番静かな場所をお選びになったとのことです」

「そ、そう……それじゃ、静かにしていないといけないわね」

ヴィクトラムの部屋の方向へ目をやりながら、この階を歩く時はなるべく足音を立てないようにしよう、と決意する。

「それにしても、ずいぶんと広いのね」

「はい！　ここは領主である旦那様のお城であると共に、黒虎騎士団の拠点でもありますので。離れには、騎士団の皆様やそのご家族が暮らす宿舎も備えてあります」

「宿舎？」

「ええ、そこの窓から見えているあの建物ですよ」

アニエスに促《うなが》されて窓際に寄れば、城から離れた場所に大きな建物が建っている。

石造の平屋建てで、見るからに頑丈そうな建物だ。その横にある広場のような場所では騎士たちが剣を振っている。きっと訓練中なのだろう。

「それでは、次は一階のご説明をいたしますね」

　窓から離れると、セシルはアニエスに続いて階段を下りた。途中で何人か使用人たちとすれ違ったが、皆物珍しそうにしつつも、セシルに愛想良く挨拶《あいさつ》をしてくれる。

「こんにちは。アンタが噂のセシルかい」

「噂の？」

　洗濯係なのだろう、洗濯用の盥《たらい》を持った気立ての良さそうな中年女性に声をかけられ、セシルは首を傾げた。

「ああ。旦那様の命の恩人で、今度からうちで料理を作ってくれるんだろう？」

「あ、はい……」

　どうやらセシルの話は、すでに他の使用人たちにも知れ渡っていることらしい。知らないところで自分の話が広まっているというのは、何だかむず痒《がゆ》いものだ。

「新しい料理、楽しみにしてるよ」

「ありがとうございます。あの、明日から頑張りますのでよろしくお願いしますね」

「期待してるよ！」

　女はぽんとセシルの肩を叩いて去って行く。

　城の使用人といえばもっと気取った感じなのではと心配していたが、ここで働いている人々はそうではないようだ。

うまくやっていけそうだと、ひとまず安心した。

「セシル様、こちらが使用人たちの暮らす棟です。右手が女性用、左手が男性用の部屋になっていて、家族のいる使用人は中央で暮らしています。左手には近づかないようお気をつけ下さいね」

「え？　近づいたら駄目なの？」

「旦那様からのご命令ですので」

「わ、分かったわ」

おそらくこの城では、使用人同士の恋愛を禁じているのだ。セシルにはもちろんそのつもりはないけれど、恋愛が仕事の支障になると困るということなのだろう。

「それから、あちらが図書室、その向こうが談話室兼食堂になっています。立ち入りは自由ですので、いつでもお好きな時にご利用下さい」

使用人棟の設備の説明を簡単に終えたアニエスが次に案内してくれたのは、厨房《ちゅうぼう》だった。城に仕える人々や騎士のための食事は、全てここで作られるそうだ。もちろん、城主であるヴィクトラムの食事も。

だが、アニエスは詳しい説明を詰め込むようなことはしなかった。

「厨房《ちゅうぼう》については明日、料理人の方々にお聞き下さいね。あとは暮らすうちに、施設や設備のことを覚えていくかと思いますので、今日はこのくらいで。また分からないことがあれば、いつでもお聞き下さい」

「ええ、ありがとうアニエス。頑張るわね」

「いいえ、とんでもありません。少しでもセシル様のお役に立てたなら嬉しいです」

そう言って、アニエスはセシルを二階の部屋へと送り届けてくれた。

アニエスの説明によると、ヴィクトラムはセシルがしばらく困らない程度の身の回り品を用意してくれているらしい。

「足りない物があったら仰《おっしゃ》って下さいね。それでは、お休みなさいませ」

そんな言葉を残してアニエスが去って行った後、衣装棚を見た。確かにそこには、下着を始めとして寝間着や普段着といった衣類が所狭《ところせま》しと詰められている。

中には、メレル村にいた頃、どんなに憧れても手の出せなかった可愛らしいワンピースまであった。至れり尽くせりの状況にぽかんとするしかない。

こんなにいろいろ用意していただいていいのかしら……と思ったものの、セシルが持ってきた荷物には粗末なワンピースが四着しか入っていないので、ありがたく使わせてもらうことにした。

冷徹騎士団長、なんて噂を聞いていたけれど、ヴィクトラムはきっと優しい人なのだ。

だって、記憶を失っていた時の彼も優しい人だったもの。

心がほんのりと温かくなるが、セシルは慌てて頭《かぶり》を振った。彼との間にあったことは忘れると決めたのだ。いつまでも、自分だけ特別だと思ってはいけない。

明日から一使用人として、誠心誠意ヴィクトラムに仕えなければ。


料理人の朝は早い。

鶏が鳴くのと同時か、それよりも前に起きなければ、全員の朝食を作るのが間に合わないからだ。

翌日の早朝、セシルはまだ空が紺《こん》の色を宿しているうちに、渡された制服を着て厨房《ちゅうぼう》へ向かった。

そこにはすでに料理人たちが勢揃いしており、順番に自己紹介をしてくれた。上は六十歳の熟練から下は十五歳の見習いまで、年齢は様々だった。

男女比は六対四くらいで男性のほうが多いようだ。皆和気藹々《わきあいあい》としていて、仲の良さそうな雰囲気である。

「まずは、道具の場所を説明するからついてきな」

料理長と名乗った恰幅《かっぷく》の良い老女がセシルを伴い、厨房《ちゅうぼう》の案内を始める。

調理道具の置いてある場所や、材料の保管庫、野菜を植えてある裏庭の畑に家畜小屋まで案内してもらう。

ここでは料理ができたら、給仕係がそれを食堂まで運んでくれるらしい。昨日、アニエスに案内された使用人用の食堂のほか、離れの棟には騎士専用の食堂があるそうだ。

「ヴィクトラム様はどちらでお食事を召し上がるんですか？」

「ああ。旦那様は、昼食は騎士専用の食堂。それ以外はいつも自室でお召し上がりになるよ。そうだ、せっかくの初日だし、朝食はアンタが持っていくかい？」

「わ、わたしがですか⁉」

料理長の提案に、セシルは素っ頓狂《すっとんきょう》な声を上げてしまった。ヴィクトラムの役に立ちたい、少しでもそばにいたいと思ってここに来たものの、ふたりきりで向き合えばどんな話をして良いか分からない。

でも、食事を置いてくるだけならそんなに緊張しないかしら……

そんなことを考えている間に、料理人たちは手際よく朝食を準備している。おそらく前日から仕込んでいたのだろう。あっという間に、野菜たっぷりのシチューができ上がった。このくらい手際が良くなければ、城中の人間の食事など作ることはできないに違いない。

料理長の案内を受けつつ、セシルはちらちらと横目で彼らの仕事を盗み見る。

「味見してみるかい？」

「わあ、ありがとうございます！」

小さなお玉ですくったシチューを口に運ぶと、濃厚な味が口いっぱいに広がった。チーズを隠し味に入れているらしく、少し香ばしい風味がする。

「美味《おい》しい！」

「そうだろう、そうだろう。アンタにもいずれ、献立《こんだて》を考えてもらうからね。何でも、母親と食堂をやっていたと聞いてるが」

「はい、そうなんです。って言っても、小さな村の小さな食堂なんですけど」

「あの旦那様が認めた味だ。期待してるよ」

料理長は励《はげ》ますようにセシルの肩を叩くと、そのまま自分の仕事に戻っていった。

セシルは、ヴィクトラムのために用意されたシチューとサラダを銀盆にのせ、切り分けられたパンを籠《かご》に入れる。グラスに葡萄《ぶどう》酒を注いで準備が整ったところで、二階へと足を運んだ。

ヴィクトラムは朝、早く起きて書類に目を通すのが日課なのだそうだ。

「失礼します、ヴィクトラム様。ご朝食を持ってきました」

一旦銀盆をそばにある専用の台の上に置くと、セシルは扉を叩いて中に呼びかけた。すぐに返答があり、断りを入れてから中に入る。

足を踏み入れた瞬間、紙とインクの匂いが鼻をついた。ヴィクトラムは机に向かって何か書き物をしている最中だった。

食事専用のテーブルらしきものもあったが、食事しながら書類に目を通すかもしれないので、どちらに準備して良いのか分からない。

「あの、こちらにご準備してよろしいですか？」

「ああ」

戸惑うセシルに素っ気なく返事をし、ヴィクトラムはまた書類に目を落とす。セシルなど気にもしていない様子だった。

安堵のような落胆のような気持ちを持て余しながら、セシルは机のあいた場所に銀盆を置き、食事の準備をする。

小さなテーブルクロスを敷き、その上にスプーンや皿、グラスを並べた。

「それでは、失礼いたします。後ほど、食器を回収に参りますので」

頭を下げて出て行こうとしたセシルだったが、顔を上げたヴィクトラムの声によって止められる。

「うまくやっていけそうか」

「え……、あ、はい。皆さん、とても親切に説明して下さいます」

「そうか」

それきり彼が黙ったので、もう話は終わったと思い、セシルは再び去ろうとする。だが、その背中に、ヴィクトラムが更に言葉を投げかけた。

「夜も、君が食事を持ってきなさい。話がある」

その話というのは、今ではいけないのだろうか。いや、きっと仕事前だから、ゆっくり話をしている時間がないに違いない。

自分の中でそう結論付け、短く返事だけをして部屋を後にした。どんな話か気になったが、一介の使用人が主《あるじ》を問い質《ただ》すような真似をしてはいけない。

一階に下りて厨房《ちゅうぼう》に戻ったら、皆が朝食を食べているところだった。

「おお、セシル。アンタの朝飯はこっちだよ」

料理長が手招きをしてくれたので、他の料理人たちに倣《なら》って、小さな丸椅子の上に腰かける。膝の上に皿とパンを置き、朝食を食べるのが料理人の食事の仕方らしい。

ゆっくりと食べている暇はなさそうだが、少しくらい忙《せわ》しいほうが張り合いがあるというものだ。

「これが終わったら、昼食の仕込みに入るよ。それが終わったら、二時間の休憩があるからね」

「二時間も！」

「うちの旦那様は使用人思いだからねぇ。領地の住人たちが安全に暮らせるよう、いつもお心を砕いていらっしゃるし、優しい方だよ」

料理長は嬉しそうに笑っている。単に冷徹なだけでは、人はついてこない。やはりヴィクトラムは、使用人たちから慕われるほどの人格者なのだ。

「休憩時間は何か予定はあるかい？　ないなら、騎士団の訓練でも見に行くと良いよ」

黙々と食事をしていると、ひとりの青年が近づいて、そんな風に声をかけてきた。セシルより少し年上らしく、爽《さわ》やかで優しい顔立ちをしている。

「訓練、見に行っても良いんですか？」

「ああ、見学は自由なんだよ。広場のほうに見学者用の椅子があるからさ。興味があるなら、連れて行ってあげようか」

「ありがとう。あなたは確か……」

「ユーリ。気軽に呼び捨てにしてほしいな」

気さくな笑みにつられて笑っていると、料理長が冗談めかしてユーリの腕を肘でつつく。

「こら、セシルにちょっかい出すんじゃないよ。旦那様に叱られちまう」

「なっ、ば、ばあちゃん！　僕はそんなつもりで……」

「ばあちゃん？」

「この小僧は、あたしの孫息子だ。まあできは悪いが、よろしくしてやってくれるかい」

豪快に笑いながら、料理長はユーリの背中をバンバンと叩いた。それを見ていた周囲の料理人たちの間から、大きな笑いの渦《うず》が巻き起こる。

その様子に、セシルは村にいた頃のことを思い出した。『七つの波止場亭』でも、カーラとセシルのやりとりに、客が大笑いすることがあった。なんだか村が懐かしくなる。

しかし、しんみりしている暇もなく、厨房《ちゅうぼう》は再び目まぐるしく動き始める。

まずは皆が食べ終えた朝食の食器が運ばれてくるので、皿洗い。そして次に、昼食の仕込みだ。

仕込みは、野菜を洗い皮を剥《む》いたり切ったりと、実家でやっていたこととあまり変わらない。量はもちろん多いけれど、大勢の料理人でこなせばあっという間だ。

それを火にかけ、鶏肉と一緒にぐつぐつと煮込む。昼は、鶏肉のトマト煮込みとかぼちゃのポタージュらしい。濃いオレンジ色のかぼちゃの断面が鮮やかで、サラダにしても美味《おい》しそうだ。

「セシル、そこの塩を取ってくれるかい？」

「はい！」

休憩時の和気藹々《わきあいあい》とした様子とはまた違った、きびきびと働く皆に後《おく》れを取らないよう、セシルもあちらこちらを飛び回る。まだ簡単な手伝いしかできないけれど、早く慣れて、もっと役に立てるようになりたい。

そうして昼食が終わり、後片付けが終わったところでようやく休憩時間に入ることができた。

すぐさま、ユーリが近づいてくる。

「セシル、どうする？　一緒に訓練を見に行くかい？」

「迷惑でないならお願いしたいな」

「もちろんだよ、おいで」

エプロンと三角巾を取ったセシルは、制服のままユーリに連れられ外に出た。青々とした芝の植えられた道を歩き、ふたりで訓練所のある広場を目指す。

城の庭は公園並に広く、歩道の両脇には街路樹のように整然と、プラタナスの樹が植えられていた。それが、自然のカーテンとなって日差しを遮《さえぎ》り、歩道を涼しくしている。

その木のそばには花壇があり、可愛らしい桃色の花が、地面が見えないほど群生していた。

「セシルは、今いくつ？」

歩きながら何気なく聞かれた問いに、セシルは花壇から顔を上げて答える。

「今年の初めに十八歳になったの。ユーリは？」

「僕は二十歳だよ。君より少しだけお兄さんだね」

嬉しそうに言うユーリがなんとなくおかしくて、セシルは噴き出してしまう。村ではこういった物腰穏やかな青年はあまりいなかった。ジョシュのように、どちらかというと力仕事の得意な快活な若者が多かったのだ。

だからこそ、ユーリの性格を新鮮に感じる。幼い頃『兄』という存在に対して抱いていた、憧れや理想に近い雰囲気があるからかもしれない。

「ユーリはいつからここで働いているの？」

「僕は十五歳の頃から、この城でばあちゃんに料理を習ってるんだ。君はいつから、お母さんの店を手伝っていたの？」

「わたしも十五歳の頃からよ。母さんはとっても料理が上手なの。わたしはまだまだなんだけど……」

「それじゃ、まだまだ同士頑張らないとね」

「ええ。お互いに頑張りましょう」

和《なご》やかにそんな会話を交わしながら、ふたりは広場に着いた。

金属同士がぶつかり合う音が激しく響き、騎士たちの気合のこもった掛け声が空気を震わせる。その迫力たるや、思わず身を竦《すく》めてしまうほどだったが、慣れているのかユーリが躊躇《ちゅうちょ》する様子はない。

「すごい迫力ね……。皆、気合が入っているわ」

「旦那様はお優しい方だけど、訓練に関しては厳しいからね。でも旦那様は、騎士団の誰よりも鍛錬《たんれん》に励《はげ》んでいらっしゃるよ」

「そうなの？」

団長ともなれば、訓練の監督をするものだと思っていたが、そういうわけではないのだろうか。

首を傾げるセシルに向かって、ユーリが誇らしげに頷く。

「何せ旦那様は、白鳥騎士団に入ることを目指していらっしゃるらしいからね」

「白鳥騎士団って……国王陛下直属の？」

「そう。全ての騎士の憧憬《どうけい》と羨望《せんぼう》を一身に集める、近衛騎士団だよ」

白鳥騎士団は、国鳥である白鳥の紋章を国王から拝し、王国に忠誠を誓う騎士たちの集まりだ。

美しい白い制服に、白い鞘の剣を持ち、誇りを持って国王を守護する。

ゆえに、人々はいつも尊敬と憧憬《どうけい》と共に、『白鳥騎士団』の名を口にした。腕に覚えのある男であれば、誰しもが一度は白鳥騎士団に入団したいと思うことだろう。ヴィクトラムのような屈強な騎士なら尚更だ。

では彼はいずれ、王都に行ってしまうのだろうか。そうなれば、ますますセシルには遠い存在となってしまう。

どことなく重い足取りで、セシルはユーリの後をついていった。

見物人用の椅子にはすでに昼休みに入っていた他の使用人たちが腰かけ、訓練をする騎士たちを眺めている。その中にアニエスの姿を見つけ、セシルはなんとなく安心してしまった。

「アニエス。あなたも訓練を見に来ていたの？」

「セシル様、ユーリ。こんにちは。訓練をご覧にいらしたのですね」

セシルと、遅れてやってきたユーリにアニエスが礼儀正しく頭を下げる。セシルは苦笑しながら、小さな声で話しかけた。

「あの、昨日から気になっていたんだけど、その『セシル様』って呼び方、ちょっと違和感があって……呼び捨てにしてもらえないかなって」

「呼び捨てだなんてそんな……」

アニエスは困ったように眉を下げている。

「お願い、どうしても恥ずかしいの」

貴族の令嬢でもあるまいし、これから先ずっと『様』をつけて呼ばれるなんて落ち着かなさすぎる。

両手を合わせて懇願するセシルに、アニエスは困ったような顔をしていたが、やがて観念したようだ。

「分かりました。では、セシルさんと呼ばせていただきます」

と、遠慮がちに告げてくる。

呼び捨てでないのは残念だが、「セシル様」に比べればだいぶマシだ。セシルは小さく頷くと、アニエスのすぐ隣に腰かけた。セシルの横には、ユーリが座る。

「あ、おふたりともよかったらどうぞ」

アニエスが持っていた焼き菓子をすすめてくれたので、遠慮なくもらうことにした。

三人並んで焼き菓子を食べつつ、訓練の様子を眺める。

ふとあることが気になり、セシルはアニエスに話しかけた。

「アニエスは、よく訓練を見に来るの？」

「ええ。兄が訓練しているのを、応援しに」

「お兄さんが騎士団にいるの？」

問えば、アニエスではなくユーリから答えが返ってきた。

「アニエスのお兄さんは、サークっていうんだ。旦那様の右腕で、黒虎騎士団の副団長なんだよ」

「サークさんが……。だからずっと、ヴィーを探していたのね」

独り言のように、セシルは呟《つぶや》いた。

訓練所に目をやると、ちょうどサークが若い団員に稽古《けいこ》をつけている最中のようだった。

セシルはアニエスの顔をちらりと盗み見た。確かに、よく見れば兄妹らしく感じられないこともない。目や口元の雰囲気が似ている。

「あっ、旦那様だ！」

どこからかそんな声が上がり、セシルはどきりとしながら視線を訓練場のほうへ戻す。

するとそこには、剣を手にしたヴィクトラムの姿があった。

長身のせいか、それとも醸《かも》し出す雰囲気のせいか、同じ制服の中にあっても彼の存在は一際目立っている。彼に好意を抱いているがゆえの、セシルの欲目だったのかもしれない。凛《りん》とした横顔と立ち姿に、思わず頬に熱が集まる。

ヴィクトラムの登場に、その場は瞬《また》く間にぴりぴりとした緊張感に包まれた。部下に厳しい団長という噂が嘘でないことを、セシルはその空気で知った。

ヴィクトラムは視線を巡らせ、訓練の様子を監督しているようだ。不意にセシルと目が合った。急いで頭を下げたが、顔を元の位置に戻した時にはもう、彼は別の方向を向いていた。

……避けられているのかしら。

いや、きっと誰にでもそうなのだ。セシルはそう自分に言い聞かせる。

ふと周囲がざわつき始め、見物していた人々が落ち着かない雰囲気で囁《ささや》き始めた。

「ほら見て……」

「ヒルダ様だ」

聞き覚えのある名前だった。確か、サークがヴィクトラムを迎えに来た時に、そのような名前を口にしていたはず。

皆と同じ方向に目をやれば、黒いお仕着せを着た女を五人ほど従えた、真っ青なドレス姿の女性がこちらへ向かってくるところだった。

ドレスは仕立てが良く、品も良い。白金色《はっきん》の巻き髪を綺麗に結い上げ、煌《きら》びやかな髪飾りで彩《いろど》っている。見るからに貴族令嬢と分かる出で立ちだ。村一番の美人だと言われていたマノンも霞《かす》むほどの華やかな美女である。

お仕着せの女たちは侍女なのだろう。日傘を差しかけ、令嬢の白い肌を強烈な日差しから守っている。

まぶしさに目を細めながら、セシルは隣のユーリへ問い掛けた。

「ねえ、ヒルダ様って……?」

「ああ、クロディーヌ公爵のご令嬢だよ。近頃、公爵家の所有する山で野盗が悪さをしているらしくて、床《とこ》に伏している父君の代わりに騎士団との話し合いに来ているんだ」

「そうなの……」

本当にそれだけなのだろうか。

彼は騎士団長だ。恋人がいても不思議ではない。以前、彼が自分を抱いた時、手慣れていたのが何よりの証拠だ。そのことを思い出し、セシルの胸が痛む。

傷つく権利なんてどこにもないって、分かっているはずでしょう?

それでも、まだ彼への恋心を捨てきれない。軋《きし》む心を押し殺し、セシルは再びヒルダに視線を注いだ。

　近くで見れば見るほど、綺麗な人だ。どこもかしこも磨き抜かれた宝石のようで、欠点など何ひとつ見つからない。指先ひとつ取ってみても、白魚《しらうお》のように美しいヒルダに対して、セシルの手はあかぎれだらけで荒れている。

　これは一生懸命働いてきた証《あかし》で、セシルの勲章だ。そう誇りに思っているものの、綺麗な手に憧れる気持ちがまったくないと言えば嘘になる。

　美しい顔。

　美しい肌。

　美しい髪。

　ヒルダは、女性が憧れる全てを持っていた。

「ヴィクトラム様！」

　騎士の中にヴィクトラムの姿を見つけるなり、ヒルダはドレスの裾をからげて駆け寄る。

「お戻りになったとお聞きして、居ても立ってもいられず飛んで参りました」

「ヒルダ殿、このたびは申し訳ない。貴女にもご迷惑をおかけした」

「そのようなこと！　ヴィクトラム様がご無事で戻っていらしたことが、何よりの喜びですわ。父もわたくしも、心配しておりましたのよ。何でも、小さな村で保護されておられたとか」

「ああ……その話はこちらで」

ヴィクトラムはヒルダを伴い、訓練場を後にする。セシルたちの横を通ったけれど、ちらりとも視線を向けなかった。

これから応接室で話でもするのだろうか。ふたりきりで。

精悍《せいかん》な顔立ちのヴィクトラムと華やかなヒルダが並んだ姿はお似合いだ。嫉妬で胸が黒く染まるほどに。

何を考えているの、セシル。

セシルは内心で、己を叱咤《しった》した。

初日からこれで、この先やっていけるのだろうか。もし、ヒルダがヴィクトラムの恋人なのだとしても、彼が幸せなら、使用人としてそれを祝福するべきなのに。

すっきりしない気持ちを持て余したまま、その後の訓練を見学する。しかし、目に映ってはいても、頭の中にはほとんど入ってこない。

休憩時間を終えて仕事に戻ってからは、余計な考えを追い出すように心がけていたにもかかわらず、小さな失敗をいくつもしてしまった。料理長や他の料理人たちは、初日だから緊張しているのだろうと大らかな目で見てくれたが、セシルは自分が情けなかった。

そうして夕食を作り終え、ヴィクトラムの分を部屋まで持って行こうとした時、セシルは料理長に手招きされた。

「セシル。後片付けは良いから、それを持って行ったら夕飯を食べて、もう休みな」

「え、でも……」

「今日は初日だから特別さ」

気を使われたのだ。ありがたさと情けなさでじんわりと滲《にじ》んだ涙を隠すように、セシルは頭を下げる。

今日は、その言葉に甘えさせてもらうことにしよう。

そうして二階へ食事を持って行ったセシルは、ヴィクトラムの部屋から聞こえてきた笑い声に、ぎくりと体を強張《こわば》らせた。ヒルダの声だった。

てっきり応接室で話をしているのだと思っていたけれど、自室まで通していたのだろうか。

自室に入れるなんて、やっぱりふたりはそういう仲なの……？

震える手で扉を叩き、声をかけると、扉が内側から開いた。開けたのは、ヒルダだった。

「あら、使用人の方ね。夕食を運んでいらしたの？」

機嫌の良い笑みと華やかな声に気圧《けお》され、セシルは思わず後ずさりしてしまった。

本当に溜息の出るほど綺麗な人だ。神は、この女性に惜しみない愛情を注いだに違いない。

自分には自分の良いところがある。卑屈になっては駄目だ。そう思うけれど、あまりに輝かしいヒルダという存在に、セシルの劣等感が刺激されてしまう。

「は、はい……」

「わたくしが持って行くわ。どうもありがとう」

返事をする間もなく、銀盆はセシルの手からヒルダへと移った。

話があると言われていたけれど、ヒルダがいるなら出直したほうが良いだろう。ヴィクトラムの姿を見ることなく、セシルはそのまま、とぼとぼと自分の部屋に戻った。

部屋の前に着くと、ちょうどアニエスが訪れていた。セシルのために食事を持ってきてくれたようだ。銀盆の上に、魚のバター焼きと玉ねぎのスープなどがのっている。

「あ、セシルさん。ユーリから、調子が悪いようだとお聞きしましたけれど、大丈夫ですか？」

「うん、ちょっと初日だから緊張疲れしちゃったみたいで。ごめんね、心配かけて」

「いいえ。私もこちらで働き始めた日は緊張してしまいましたから、よく分かります」

深入りはせず、気遣いの滲《にじ》む笑みで励《はげ》ましてくれるのがありがたい。礼を言ってアニエスから銀盆を受け取ると、セシルは自室のテーブルの上にそれを置き、食べ始める。

「うん、おいしい！」

空元気を出して呟《つぶや》いた言葉は、ひとりの空間に虚《むな》しく響く。

実家にいた頃は、母の手料理を和気藹々《わきあいあい》とした空気の中で食べていたから、余計に寂しさが際立つ。

「母さん、どうしてるかなぁ」

無理をしていなければ良いけど。

食事を食べ終えたセシルは、窓のそばに寄って外を眺めた。外はもうすっかり暗くなっており、月明かりが城下を照らしている。

森の木々や、悠然と流れる川——暗闇の中、月の光を反射して川の表面は黒曜石《こくようせき》のように輝いていた。時折ちらちらと白く光るのは、星々の輝きが水面《みなも》に映り込んでいるからだろう。

この川の下流に、メレル村がある。もちろんここからでは見えないけれど、セシルは長いこと川を見つめ、実家にひとりでいる母へ思いを馳《は》せた。

また、倒れたりしなければ良いのだけど、きちんと休息をとるように言い含めてきたから大丈夫だろうか。

それからしばらく経って、アニエスが入浴の準備をするため再び部屋を訪れた。

この城には二階にも火を焚《た》く場所が設《もう》けられており、すぐに湯が運べるようになっている。専用のバケツに張った湯を浴室まで運び、水で割って浴槽に溜めるのだが、さすがにアニエスひとりでは重労働なので、他のメイドも手伝ってくれていた。

浴槽自体はそこまで大きくないのだが、実家にいた頃は盥《たらい》で沐浴《もくよく》していたため、ずいぶん贅沢に感じてしまう。

「では、ごゆっくり入浴なさって下さい。お休みなさいませ」

就寝の挨拶《あいさつ》をしたアニエスたちが部屋を去った後、セシルは衣装棚から下着や寝衣などを取り出し、浴室へ向かった。

厨房《ちゅうぼう》は火を使うため、夏場は非常に暑くなる。日中かいた汗を、レモンの香りのする備え付けの石鹸《せっけん》でよく落とし、桶《おけ》に汲んだ湯で綺麗に洗い流した。

浴槽にはぬるま湯と共に、白い花弁がふんだんに使われ、ゆらゆらと浮かんでいる。

そういえばお金持ちの家では、入浴の際にこうやって花弁を散らすことも珍しくないらしい。

手足を伸ばして浴槽に浸かると、緊張や疲れがゆるゆると解《ほぐ》れていくようだ。

「ふー……」

溜息が零れ、両手を組んで天井に向けて伸びをする。涼しげな水滴の音が耳に心地よく、自然と鼻歌を歌っていた。

こんなに贅沢に湯を使った入浴は、生まれて初めてだ。入浴ひとつとってもこれまでの生活とは雲泥《うんでい》の差である。

ヴィクトラムに質素な生活をさせていたことが急に恥ずかしくなってきたが、庶民にはあれが精一杯だったのだから、今更悔いても仕方がない。

そうしていつもより長い入浴を終えたセシルは、タオルで水気を拭き取って清潔な衣類に着替えた。

寝衣は足首まである丈の長く薄いドレスで、肩の部分にフリルがついた可愛らしい形だ。肌触りが良く、すべすべとしている。これが絹なのだろうか。生まれて初めての感触だった。

ただ眠るだけなのに、こんなに可愛いなんてもったいない気がするが、ここでは皆こんな格好をして眠るのかもしれない。

まるで、お姫様になった気分だわ。

少し浮かれた気持ちのまま、セシルは灯りを落とした室内で、寝衣の裾をつまんでダンスのまねごとのような動きをしてみる。

その時、扉を叩く音がして、向こうからヴィクトラムの声が聞こえてきた。

「──セシル、いるのか」

どこか苛立《いらだ》ったような声に、一瞬、どうして彼がここに……と首を傾げたセシルだったが、すぐに思い出して、あっと声を上げた。

そういえば、彼に話があると言われていたのだ。主からの言いつけを忘れてしまうなんて。

豪華な風呂と可愛い寝衣で浮き立っていた心が、冷水を浴びせられたように一気に冷める。

慌てて扉を開けに行くと、そこには声に違わず不機嫌そうな表情をしたヴィクトラムが佇《たたず》んでいた。彼は寝衣姿のセシルを見るなり、眉間の皺《しわ》をますます深くする。

「話があるから部屋にこいと言っていたはずだが、まさか眠ろうとしていたのか」

「も、申し訳ありません！」

すでに寝間着を着ている身としては言い訳のしようもない。セシルは深々と頭を下げた。じっとりとした夜の熱気が、一気に凍《こご》えたような錯覚に陥《おちい》る。

ヒルダがいなくなった頃合いを見計らって行こうと思っていたのに、食事をとって入浴しているうちにそのことがすっぽりと頭から抜け落ちてしまっていた。初日から最悪の大失態を犯すなんて、どうしようもない。

ハァ……とヴィクトラムが呆れたような溜息を吐き、セシルは泣きそうになってしまう。こんな簡単な命令に従うこともできないからと、解雇されても文句は言えない。母さんとヴィクトラム様のために、頑張ろうって決めたのに……

目に涙を浮かべ、頭を下げてじっとしていると、やがて冷たい声が降ってきた。

「……もう良い。顔を上げなさい」

恐る恐る頭を上げれば、不機嫌な表情を崩さないままのヴィクトラムが扉を閉めているところだった。

どうして良いか分からず突っ立っていると、彼が部屋の奥へ歩き始めたので、慌ててついていく。ここで昼間に言っていた話をするつもりなのだろう。

ソファに腰かけたヴィクトラムは、セシルにも腰かけるよう命じると、腕組みをしたまま睨《にら》むような目つきを向けてきた。暗い部屋の中、眉間に刻まれた皺《しわ》がより濃い陰影を作っている。刃《やいば》に似た鋭いヴィクトラムの雰囲気に、身の置き所がなくなる。

「話というのは、君の役割についてだ」

「役割……ですか?」

「ああ。私の食事の世話はいつもメイドに任せていたが、今度から君に頼もうと思っている」

「え……」

「味の好みについては、直接私に聞いてもらったほうがいいだろう。君はまだ新人だ。早く私の好みを覚えるように」

「は、はい! 分かりました、一生懸命頑張ります……!」

とりあえず解雇されずに済んだようだとほっとし、セシルは力強く頷いた。きっと彼は、新人の自分に挽回《ばんかい》する機会を与えてくれたのだろう。明日からは今日のような失敗を繰り返さず、集中して仕事に取り組まなければ。

しかし、ヴィクトラムの話はそれで終わりではなかった。

「それから、もうひとつ。——夜の世話も頼みたい」

「あ、ええと……お夜食という意味でしょうか」

一瞬意味が分からなかったが、すぐに思い至る。書類仕事が深夜まで及ぶことがあるのだろう。それならば、胃に優しい献立《こんだて》を考えておいたほうが良い。

だが、そんなセシルの返事にヴィクトラムはどこか不服そうな顔をしていた。答えが気に入らなかったということが一目瞭然《いちもくりょうぜん》の表情だ。

「そういう意味ではない。……君は鈍いな」

「す、すみません」

またしても機嫌を損ねてしまったようだと気づき、セシルは縮こまった。彼が『ヴィー』だった時は緊張なんてせずに話せていたのに、相手が『ヴィクトラム』だと、どうしても萎縮《いしゅく》してしまう。

叱責されるのだろうかとびくびくしながら待っていると、ヴィクトラムはソファからすっと立ち上がり、セシルのそばに近づいてきた。そして膝を折って腰をかがめ、セシルの肩のすぐ横に手をつく。

あっという間に彼の顔が近づいてきて、セシルとの距離を縮めた。そのまま唇を掠《かす》めていった柔らかな感触に、頭が真っ白になる。

「……こういう意味だ」

こういう意味ってどういう意味？

目を見開いたまま、セシルはそう思った。口にしていれば間違いなく、また「鈍い」と呆れられたことだろう。

けれど彼がセシルの返事を待つことはなかった。腕を引っ張って無理やり立たせると、横抱きにして寝台に横たえる。

「ヴィクトラム様⁉」

驚いて身を起こそうとしたセシルだったが、すぐに上からのし掛かってきたヴィクトラムによって、それを阻《はば》まれる。

熱っぽい茶色の瞳が迫ったかと思ったら、再び唇を塞がれた。今度は、先ほどのように掠《かす》めるだけではない。濃厚で、深い、貪《むさぼ》るような口づけだ。

「ん、んんっ」

ヴィクトラムの体重とセシルの抵抗によって、寝台がギシギシと軋《きし》む。彼の胸板をドンドンと叩いたセシルだったが、退《ど》いてくれる気配はなかった。それどころか、ますます舌を深く侵入させられてしまう。やがてヴィクトラムの手が、寝衣のリボンを外しにかかった。

「んっ⁉」

あまりに驚いて、セシルは彼の舌を軽く噛んでしまった。一瞬だけ、彼の舌が怯《ひる》んだように引っ込むものの、すぐに広がった鉄錆《てつさび》の味を擦り付けるかのように、セシルの舌に押しつけてくる。

「ん、んんっ、や……」

息継ぎの合間を縫って顔を横に背《そむ》けて逃れるが、ヴィクトラムは逃がしてはくれなかった。リボンはあっという間に全て外され、寝衣の前はしどけなく開いてしまう。

そこから覗くささやかな膨らみに、ヴィクトラムが顔を寄せた。

「――君は私が求める時に、こうして体を差し出せば良い」

それではまるで、欲望の処理のためだけに存在しているようではないか。

彼の言葉がもたらしたあまりの衝撃に、セシルは抵抗も忘れてただ呆然としてしまう。

けれど、その間もヴィクトラムの行為は止まらない。

彼はセシルの肌に、次々と口づけを落としていく。

ミルク色の肌には、たくさんの赤い痕《あと》が散った。

「あ……あ……」

咲いていく花弁を見るたび、所有印だ、とかつて彼が口にしていたことを思い出す。

夜の世話係に対する独占欲なんて、あるのかどうか分からないけれど。

寝台がヴィクトラムの動きに合わせて軋《きし》むたび、セシルは身を竦《すく》ませる。優しく触れられるたび、かつて彼に抱かれた記憶が蘇《よみがえ》り、セシルの胸と体を焦《こ》がしていく。

ヴィクトラム様は、ヴィーじゃないのに……。それなのに、こんな風になってしまうなんて。

「んっ、ん……！」

触れられるたび、面白いほど体がしなった。触れられた場所は、まるで火が灯ったかのように熱を持っている。

「相変わらず感じやすい体だな」

ぽつりと落とされた声に、セシルの耳がかっと熱くなる。

淫《みだ》らな女だと指摘された気持ちだった。

それなのに、そんなセシルに追い打ちをかけるように、ヴィクトラムが言う。

「私がいなくなってから、誰かに触れさせたか。たとえば、あのジョシュという青年……彼は君のことが好きだったな」

「なっ――!?」

セシルは目を見開いて、信じられない思いでヴィクトラムを見返す。

この人は、自分のことを誰にでも簡単に体を許す女だと思っているのだろうか。

心を許した相手でなければ、体を開くはずがないのに。きっと、貞操観念がおおらかな田舎娘だと認識されているのだ。

屈辱と悔しさと悲しみ、それら全てがない交ぜになって胸を締め付ける。セシルは唇を噛んで、胸の痛みを堪《こら》えた。

その行動を、質問に対する拒絶と受け取ったのだろうか。ヴィクトラムは眉間に皺《しわ》を寄せた後、唇の端をつり上げて笑う。嗜虐《しぎやく》的な笑みだった。

「答えたくないならそれでも良い。口では嘘をつけても、体は正直だ」

ヴィクトラムは手を伸ばし、セシルの胸に触れる。小さいながらもハリのある肌は、ほどよい弾力と柔らかさで男の指を受け止めた。

「だめ……だめ」

「何が駄目だ。こんなに悦《よろこ》んでいるのに」

掌《てのひら》で先端を擦られれば、その場所はすぐに芯を持って硬くなる。

セシルは頭を横に振って、半泣きになりながら抵抗した。こんな状況で抱かれるのは嫌だった。

この人の顔や体は「ヴィー」でも、中身は違うのだ。セシルの好きだった男は、もうどこにもいない。ここにいるのは、見た目だけまったく同じ別人だ。体を許すわけにはいかない。

だけど――

「セシル……」

「っ」

耳元で囁《ささや》かれ、セシルの背筋をぞくぞくと甘い痺《しび》れが駆け抜けていく。

ヴィーもよく、こんな声でセシルのことを呼んでいた。それを思い出し、捨てようとしていた恋心が刺激される。

どうして。

どうして……

やめて。そんな目で見つめないで。

あなたは、あの彼とは違うんだから。

でもその拒絶を口に出すわけにはいかない。どんなに理不尽な目に遭わされようと、ヴィクトラムが雇い主だという事実が、セシルの抵抗に歯止めをかける。

「セシル、私の名を呼べ」

「……あ、あ……」

「セシル」

命じると言うよりは、懇願するような声に聞こえたのは錯覚だろうか。

「ヴィクトラム、様……」

吐息混じりに彼の名を口にすれば、どこか満足そうな笑みが返った。

だがそれも、セシルの願望が見せる都合の良い夢なのかもしれない。

「あ、いや……ッ！」

ちゅ、と胸の尖《とが》りを吸い上げられ、セシルは羞恥《しゅうち》のあまり身を捩《よじ》る。

だがヴィクトラムはそれに構わず、何度も尖《とが》りを吸い立てた。

「『良い』の間違いだろう」

「ん、ん……っ」

ヴィクトラムの茶色い目がほんのりと赤みを帯びているのは、興奮しているせいだろうか。

獣のようにぎらぎらとした欲望を滲《にじ》ませながら、彼はセシルの弱い場所を責める。

やがて彼の手が下着にかかり、それを脱がせようとした。

「や、やだ……っ、あ……」

必死に足を閉じて抵抗しようとしたが、所詮少女の力で騎士団長であるヴィクトラムに敵《かな》うはずはなかった。

小さな下着はするすると抜き取られ、足元に放り投げられてしまう。

ヴィクトラムはセシルの足の間に体を滑り込ませると、指を蜜口へ差し入れた。そして、意外そうな声を上げる。

「狭いな……誰にも触れさせていないのか」

「わ、わたしは……好きな人にしか触れさせません。ですから、もうやめて……」

「だったら何も問題ないだろう。これは、君の好きだった男の体だ。手も、唇も、君に触れていた頃と何も変わってはいない」

どこか自嘲気味なヴィクトラムの言葉も、今のセシルにとっては自分をいたぶるためとしか思えない。

体が一緒でも意味がないのだ。心が伴っていなければ。彼にとっては、快楽さえあればそんなことなんて関係ないのかもしれないけれど。

「わたしが好きだったのはヴィーで……っ」

全てを言い終える前に、唇を塞がれる。

ヴィクトラム様ではありません、という言葉は彼の口内に呑み込まれ、消えてしまった。

「んん……っ」

「もう少し濡らさないといけないな」

独り言のように呟《つぶや》いたヴィクトラムは、己《おのれ》の指を舐めてセシルの中に突き入れる。

唾液のおかげで滑りが良くなったのを確かめると、彼はそのまま何度か指を前後させた。

そして、もう一度呟《つぶや》く。

「……直接濡らしたほうが良さそうだ」

「え……？」

問い返すセシルに構うことなく、彼は秘所にそっと唇を寄せた。

ふ、と生温かい吐息を感じ、セシルの顔がかっと熱くなる。

「嘘……ッ、いや、やだ……！」

薄明かりの下、秘めた場所がヴィクトラムの目の前にさらされている。

まるで検分するようにじっくりと見つめられ、頭が真っ白になった。

しかし、すぐに我に返る。愕然《がくぜん》としている場合ではない。

「だ、だめ……っ、ヴィクトラム様、だめです……ッ」

けれどヴィクトラムは容赦がなかった。彼はそのまま舌を伸ばすと、ぬるりと秘裂を舐める。生温かい舌の感触と、唾液のぬるつきに、全身が粟立《あわだ》った。

「あ、あぁ……っ！　いや、だめぇ……っ」

耐えきれないほどの快楽に、震える声が零れた。

舐めるだけではない。ヴィクトラムは時に、小鳥がつつくように花芯を刺激し、蜜壺の中にも舌を侵入させる。

敏感な肉襞を舐められ、セシルの目から涙の粒が落ちた。

「はぁ、はぁ……あっ、ひぁ……ッ！」

体が燃えそうなほど熱い。頭がふわふわして、何も考えられなくなる。

快楽の許容量はとうに超え、甘い蜜に浸《ひた》されて息もできなくなってしまう。

甘くて、苦しくて、切なくて、もう自分で自分がどんな状態になっているのかすら分からない。

「こうされるのは好きか？　以前ここを舐めた時も、乱れてよがっていたな」

「あ……、あ……、す、好きなんかじゃ……」

「そうか？　でも、体はそうは言っていない」

蜜口に二本まとめて指を突き入れたヴィクトラムは、蜜を泡立たせるような動きで激しく指を前後させる。

それだけですら耐えがたいほどの快楽を覚えるのに、今度は指を抜き差ししながら花芯を舌で押し潰される。

「あーッ……！」

目の前が一瞬白く染まり、雷に打たれたかのように体が大きく戦慄《わなな》いた。

だが、ヴィクトラムはまだまだ足りないとばかりに、セシルの蜜を舐め啜《すす》り、花芯をいじめ抜く。

膨らみきったその場所からは真っ赤に熟《う》れた芽が覗き、蜜に塗《まみ》れて宝石のように濡れ光っていた。

ヴィクトラムはそれを唇ではさみ、扱《しご》きながら刺激する。

「あぁっ、あっ、い……、いっちゃ……、やだ……ぁ」

「舐められるのが好きなのだろう？　素直に言いなさい」

「あっ、あっ……、ひぅ、うく……っ」

顔を真っ赤に染め、セシルは淫《みだ》らな声で喘ぎ続ける。

心を伴わない快楽だけの行為なんていけないと思うのに、そんな心とは裏腹に、セシルの体は喜びに打ち震えていた。

達したくないのに、触れられるたび達してしまいそうになる。

経験の浅いセシルは、まだこの行為自体に慣れていない。

それでも、ヴィーがいた頃は良かった。意識を飛ばすたび、彼がセシルの頭を撫でて現実へと引き戻してくれたから。

だが、もうヴィーはいない。

ヴィクトラムの前であられもない悲鳴を上げながら意識を飛ばすなんて、考えただけで恐ろしかった。

「やだ、や……あぅ……ん……っ」

「私のことが嫌なのか」

眉間に皺《しわ》を寄せ、ヴィクトラムが言う。

セシルは目に涙を溜め、ふるふると首を横に振った。

「違います……。は、恥ずかしくて……」

頬を染めながらそう打ち明ければ、ヴィクトラムの眉間からふっと力が抜けた。

「恥ずかしがるな。私しか見ていない」

「そ、それが恥ずかしいんです……」

セシルの言葉に、ふ、と笑いを零したヴィクトラムは、その唇でセシルの花芽に触れた。

絶妙な力加減で舐《ねぶ》られ、目の前がちかちかと明滅を始める。だが決定的な刺激には物足りず、セシルはもどかしさに身を捩《よじ》って耐えた。

「いきたいか？」

もはや恥じらいも遠慮も捨てて、セシルはその問い掛けに夢中で頷いた。早く楽になりたかった。

その瞬間、ヴィクトラムが花芽を強く吸い上げる。

頭の中が真っ白に染まり、体の中で何かが爆発した。

「あぁぁぁぁ……ッ！」

体が溶けるような感覚の後に、とぷり、と中から蜜が溢れ出る。

本当に溶けてしまったのかもしれない、と思った。

「はぁ……はぁ……」

荒い息を繰り返しながら、セシルはその身をくねらせる。

快感の余韻に身を炙《あぶ》られているかのごとき錯覚に、とてもじっとしてはいられなかった。

かすむ視界の中、ヴィクトラムが身を起こすのが見える。

彼は濡れた唇を拭《ぬぐ》うように舌なめずりすると、セシルの両足をますます大きく開かせる。

絶え間なく蜜を吐き出す場所へと熱いものが押し当てられたのは、その直後だった。

「あ……」

こくん、と喉が鳴る。

駄目だ、受け入れてはいけない。

そう思うのに、ヴィーに快楽を覚えさせられた体は、この先にあるものを期待して打ち震えてしまう。

「ヴィクトラム様……」

自らの頬を撫でるヴィクトラムの手が優しいと感じるのは、願望が見せる夢だろうか。

「挿《い》れるぞ、セシル」

彼はそう宣言すると同時に、セシルの中に切っ先を侵入させた。

セシルはぎゅっと目を瞑《つむ》り、挿入の衝撃に耐える。

ヴィーによって慣らされてはいたものの、久しぶりに受け入れるには、それはあまりに太く、長かった。

「あ、おおき……」

引き攣《つ》るような痛みを覚え、眉根を寄せながら掠《かす》れた声で呟《つぶや》けば、ヴィクトラムが一瞬固まった。

「君は……、あまりそういうことを言うな」

「え……」

「歯止めが利かなくなる……っ」

ぐっ、ぐっ、と腰を押し進めながら、ヴィクトラムが熱っぽい声で告げる。

意味も分からないまま、けれど問い返す余裕を与えられず、セシルは彼に縋《すが》り付いた。

痛みは我慢できないほどではない。先ほど舌と指で解《ほぐ》されたためか、セシルの中は比較的すんなりと彼を受け入れることができた。

中程まで挿入したところで、ヴィクトラムは一気に奥まで押し込む。

空洞を満たされる充足感に、セシルはあられもない声を上げながら達した。

「あぁぁ……ッ」

達している最中にも、ヴィクトラムは遠慮なくセシルの体を貪《むさぼ》る。

そして細腰を掴んで自身のほうへ引き寄せると、容赦なくがつがつと奥を抉《えぐ》り始めたのだ。

「あー……ッ！　あぁっ！　あぁアッ！」

ぱん、ぱんと激しい破裂音が幾度《いくど》も響き、セシルの白い肌がほんのりと赤く染まる。

涙の膜が決壊し、目から一筋零れ落ちた。

息も絶え絶えになりながら、セシルはヴィクトラムに訴える。

「だ、だめ……待って、ヴィクトラムさ……あぁぁン……っ」

「私を煽《あお》ったのは君のほうだ」

「そんな……っ！　は、ぁ……っ」

がくがくと揺さぶられ、あまりの激しさに呼吸すらままならず、セシルは不格好な呼吸を繰り返す。唇の端からだらしなく唾液を零しながら、甘ったるい声で喘ぎ続けた。

「あ！　あぅ……、っあ！」

ぐりぐりと腰を押しつけたかと思えば、ヴィクトラムは円を描くように腰を動かし、肉襞を擦る。そして強弱をつけ、奥を叩いた。

奥に突き立てられるたび、セシルの中はどんどん柔らかく解《ほぐ》れ、ヴィクトラムの形に合わせてうねった。

そうしている内にヴィクトラムはセシルの胸に手を伸ばし、柔らかな双丘を揉みしだく。

「あ、……ん、うぁ……」

彼の掌《てのひら》にすっぽりと収まるそれは、指の動きに合わせて自在に形を変える。

柔らかさを楽しむように揉み、時折指で押し潰しながら引っ張り上げられれば、痛みと快感がない交ぜになってセシルを甘く苦しめた。

「あぁ……っ、あ……っ、んぁぁぁッ……！」

「舐められないのが残念だな……」

セシルの胸を見つめながらそう呟《つぶや》いたヴィクトラムは、唐突に自身を抜き去り、セシルを自身の上に跨《また》がらせる。

喪失感に打ち震えていると、彼はセシルの腰を掴んで、そそり立った雄の上へと導いた。

「自分で挿《い》れてみるんだ」

「っ……、そんな、無理です」

「セシル」

間近で見つめられ、セシルは泣きそうになった。

これも命令のうちのひとつなのだろうか。だとすれば、従わなければ解雇されてしまうのかもしれない。

ふるふると震えながら、セシルは徐々に腰を落としていく。

丸みを帯びた先端が入り口を分け入り、ゆっくりと中にめり込んできた。

「……んぅ」

圧迫感に眉根が寄り、声が少しだけ低くなる。

もうこれ以上は無理だと思って動きを止めた瞬間、ヴィクトラムがいきなりセシルの臀部《でんぶ》を掴んで、自分のほうへ力強く引き寄せた。

体重がかかっているせいか、いつもより更に深く、彼のものを受け入れた感覚がする。

「あぁ……ッ」

息苦しさと身の内を苛む快楽に、ぼろぼろと生理的な涙が流れる。

ヴィクトラムはそれを舌で吸い取りながら、熱っぽい吐息を零した。

「ああ、君の中は気持ちいいな……」

「ふ……っ、あ……」

満足そうな表情に、中がぎゅっと締まって彼を締め付ける。

気持ちいいと言われた、たったそれだけのことで自分が歓喜していることに気づき、セシルは恥ずかしくなった。

それでも、自分の体でヴィクトラムが気持ち良くなってくれているのが嬉しかった。

「あ、あ、あぁ……」

セシルの臀部《でんぶ》を鷲掴《わしづか》みにしたまま、ヴィクトラムが上下に揺さぶる。

セシルも体を揺らしてその動きを手助けしながら、淫《みだ》らに喘ぎ続けた。

「ん、あ……」

胸の先をちゅっと吸われ、唇から色めいた吐息が漏れる。

ヴィクトラムはそれを聞き逃さなかった。

「君は、この状態で胸を吸われるのも弱かったな」

記憶が戻る前の話を持ち出すなんて卑怯だ。

そう思うものの、共に過ごした日々のことを少しでも彼が記憶にとどめてくれて嬉しいと感じるのだから、仕様のない愚か者だ。

セシルの体は、確かにヴィクトラムに抱かれることを喜んでいるのだ。

その一方で、自分が性欲処理のための道具であることが悲しかった。

体だけの繋《つな》がりで良いと割り切ることができれば楽なのだろう。けれど彼のことを好きだからこそ、こんなことをしてはいけないのだ。

「いや、だ、だめ……っ、ヒ、ヒルダ様が……っ」

「ヒルダ？」

突然セシルの唇からヒルダの名前が出てきたことに、ヴィクトラムが怪訝《けげん》そうな表情を浮かべる。

セシルは目に涙を溜めたまま、懸命に首を横に振った。

「こ、こういうことはヒルダ様となさって下さい……！」

恋人がいるのなら、わざわざセシルに手を出す必要などないのだから。しかしヴィクトラムは、吐き捨てるように言った。

「……ヒルダ殿とこういうことをしろと？　――できるわけがないだろう」

かしゃんと、セシルの心が砕ける音を立てた。

ヒルダ様は公爵令嬢だから――だから、欲望を処理する相手にはできない？　だから、わたしをその道具にしたの？

自分は単なる、ヒルダの身代わりでしかない。そう思ったとたんに深い悲しみが胸を支配し、切り裂かれたように鋭く痛んだ。

それなのに、傷つき軋《きし》む心とは裏腹に、体は相変わらず彼の愛撫に感じてしまう。

「んあ……っ、あ……」

ヴィクトラムはセシルの胸の先端を強く吸い上げ、舌で転がした。

味などないはずなのに丹念に舐め回し、時折歯を立てて甘噛みをする。

「だめ……だめ……っくぅ、ふ……」

「君の体は、だめとは言っていない」

ヴィクトラムの手が、セシルの下腹をそっと撫でる。それだけで堪らない痺《しび》れが駆け抜け、セシルは殊更《ことさら》に、自分の中に埋《うず》められた熱杭の形を意識してしまう。

少しでも気を抜けばいやらしくよがりそうになり、セシルは必死に口元を掌《てのひら》で押さえた。

だが、ヴィクトラムはその手をそっと外すと、囁《ささや》くように命じる。

「セシル、声を聞かせてくれ」

「あ、で、でも……」

「この階には今、私と君以外、誰もいない」

それを聞いて安堵はしたものの、声を聞かれて恥ずかしいことには変わりない。

唇を噛んで声を堪《こら》えていると、ヴィクトラムの溜息が空気を揺らした。

「君は頑《かたく》なだな。……無理やりにでも、出させるべきか？」

「む、無理やりって……んっ」

言葉の意味が分からず戸惑っているうちに、彼の顔が下りてきて、口づけを施《ほどこ》される。

頑《かたく》なに閉じていたはずの唇は、彼の舌によって簡単に割り開かれた。

啄《ついば》むような軽い口づけの合間に、嬌声《きょうせい》が零れてしまう。

「ああ、ん……、んんぅ……っ」

羞恥《しゅうち》で頭がくらくらし、どうにかなってしまいそうだ。

ヴィクトラムに縋《すが》り付きながら、セシルは全身をほの赤く染め、口づけに夢中になる。

自分がヒルダの身代わりであったことに傷ついているものの、その感情は押し流され、ただ本能でこの行為を悦《よろこ》んでしまう。

全身でヴィクトラムの熱を感じているのが、この上なく気持ち良かった。

「んっ、ん……ん、ふ」

恐る恐る舌を伸ばしたセシルは、そのまま彼の舌に自分の舌を絡めて、軽く吸う。

びくりと、ヴィクトラムの背が小さく揺れた気がしたのは気のせいだろうか。

彼は、積極的なセシルの行動を咎《とが》めはしなかった。それを良いことに、セシルは何度も彼の唇に吸い付いた。

どこかに、ヴィーの面影が残っていないだろうか。今も胸の中で燻《くすぶ》り続けている恋心が、自然とヴィクトラムを求めてしまう。

「ん、んん……、あ、あん……だめ、だめ……っ」

「本当にだめか……？」

耳朶《じだ》を甘噛みされながら囁《ささや》かれ、胴震いをしてしまう。

「このままやめても良いのか？」

「そ、それは……。やん……っ、あ、あ……」

きつく引き寄せられ、セシルは頽《くずお》れそうになった。

そんなセシルの耳元で、ヴィクトラムは艶《つや》っぽい声で囁《ささや》く。

「どうしてほしいか言ってみなさい、セシル」

目を潤《うる》ませたまま、セシルはヴィクトラムを見上げた。彼の茶色の瞳に、何かを期待する感情が滲《にじ》んでいるようにも見える。

「……っ」

セシルは声を詰まらせ、頭《かぶり》を振った。とても言えるはずがなかった。

ヴィクトラムが眉間に皺《しわ》を寄せ、セシルの唇を奪う。そのままなだれるように、セシルを押し倒した。

屈強な体躯《たいく》にのし掛かられると同時に、熱杭が更に奥まで食い込む。

内臓を押し上げられる苦しみに顔をしかめたのも束の間、ヴィクトラムは間髪容《かんはつい》れずにセシルの奥を激しく叩き始めた。

「あぁあっ……！　いや、いっちゃ……、やぁ……っん」

抜き差しされる刺激に、そして奥を穿《うが》たれる衝撃に、唇からはひっきりなしに甘い悲鳴が零れる。

もっとも弱い場所を徹底的に責められ、体の中で快感の蕾《つぼみ》がどんどん膨らんでいく。

「あっ、あぁ……っ、あ！　あぁん……っ」

「っ、君は本当に、私を悦《よろこ》ばせる体をしているな」

「ちが、ちがうの……」

首を横に振りながら、セシルは羞恥《しゅうち》に顔を赤く染める。

いやらしい体だと指摘されたことが恥ずかしかった。しかし、現実にこうして歓喜の声を零している以上、否定してもあまり説得力はなかったが。

「セシル……」

「んっ、はぁっ、あっ、ん、あ……！　やぁっ、ヴィー……っ」

あまりの気持ち良さに思考が混濁《こんだく》してしまい、セシルは自分でも気づかないうちに、ヴィクトラムのことを以前の愛称で呼んでしまっていた。

その瞬間、ヴィクトラムがハッと目を見開く。

茶色い瞳の奥には困惑と動揺とが浮かぶ。だがそれはやがて、セシルに対する狂おしいほどの劣情へと変わった。

雨あられのように口づけを降らせながら、ヴィクトラムがセシルの手を敷布の上に縫い止める。セシルは無意識に、彼の指に自分の指を絡めていた。

「セシル、君がほしい……」

恋人同士のように口づけを交わしながら、セシルは胸が喜びで満たされていくのを感じていた。

ヴィーがわたしに触ってくれている。わたしを、見つめてくれている。

「ヴィー、もっと……」

「セシル……」

「気持ちいいの、もっとして……」

今のセシルは快楽で意識が朦朧《もうろう》とするあまり、自分を抱いているのがヴィクトラムなのか、それともヴィーなのか、区別がついていなかった。

自分を抱くのはヴィーしかいない。こんなに自分を気持ち良くしてくれるのは、彼だけ。他の人だなんてあり得ない……と思い込んでいるのだ。

夢現《ゆめうつつ》をさまようセシルは、幸福な気持ちで笑みを浮かべた。

「ヴィー、好き……」

目の前のヴィーが目を見開き、息を詰める。

何を今更驚いているのだろう。もう、何度も伝えているのに。

「好き、好きなの……ヴィー、大好き……。そばに、いてほしいの……」

「ずっと、そばにいる。君を、愛しているから……」

告白に対するこれ以上ない返事に、セシルの瞳からは涙が零れた。

ようやく、思いが通じ合ったのだ。幸せで、幸せで堪らない。それなのになぜか胸の奥が痛んで悲しい気持ちになってしまう。

ヴィーがそばにいてくれるのに、どうしてだろう？

セシルは手を伸ばし、必死でそこに彼がいることを確かめた。腕に、肩に触れ、ぬくもりがきちんと返ることを確認してからようやく安堵する。

そんなセシルを痛ましげな、辛そうな表情で見下ろしながら、ヴィーが自嘲めいた笑みを浮かべる。

どうしてそんな顔をするの？

問い掛けが声になるより早く、ヴィクトラムが腰の動きを再開する。

「あぁ！　あ……っ、あぁ……！」

「っ、いくぞ」

艶《つや》めき、掠《かす》れた声を上げるなり、彼は腰を打ち付ける速度を速める。

セシルは彼の腰に足を絡め、より結合を深めようとした。

「ヴィー、一緒に……」

「……ああ。ずっと一緒だ……セシル」

力強く大胆な律動に、セシルは振り落とされないよう必死でしがみつく。全身で、彼を感じていたかった。

やがて宣言通り、ふたりは同時に限界を迎えた。

「あ、あぁ……っ、あぁぁぁ……っ！」

「く……、ぁ、セシル……っ」

熱い液体が、体内に迸《ほとばし》る。

同時に、温かい感情が胸を満たしていった。

身も心も満たされ、セシルは覚束《おぼつか》ない手つきで彼に縋《すが》り付く。逞《たくま》しい胸板に頬ずりをすれば、彼の力強い鼓動が聞こえた。

ヴィクトラムはセシルの頬や唇に優しい口づけを落としながら、最後の一滴まで出し切るように腰を大きく前後させる。

萎《な》えたものが引き抜かれる頃には、セシルの意識はほとんどなかった。それゆえにセシルは、ヴィクトラムが切ないほどの愛情を浮かべた瞳で自分を見ていたことを、最後まで知ることはなかった。

◆

ぐったりとしたセシルの体をぎゅっと抱きすくめ、ヴィクトラムは彼女の額《ひたい》に口づけを落とす。セシルの肌は薄《うっす》らと汗ばんでおり、どこもかしこもしっとりとしていた。

「愛している……」

普段は研ぎ澄まされた刃《やいば》のような鋭さを持つ瞳を、蕩《とろ》けそうなほどの愛情で緩《ゆる》ませ、ヴィクトラムは囁《ささや》いた。

可愛いセシル。頑張り屋で、母親思いで、しっかりしているのにどこか危うくて……

自分の手元に置いておかねば、きっとすぐに他の男に攫《さら》われてしまうだろう。それが怖くて、彼女を雇うという名目で城に呼び寄せたのだ。

冷徹騎士団長などと仇名《あだな》される自分が、いきなり好きだと言っても彼女は怯えるだけだろう。現に、サークが迎えにきて己《おのれ》の身分が発覚した際、セシルの態度は激変した。ヴィクトラム様、などとよそよそしく呼ぶ彼女に、ヴィクトラムの心が傷つかないはずはなかった。

セシルがこんな態度を取るのは、冷徹騎士団長の噂を知っていて、怖くなったからに違いない。

だからヴィクトラムは、彼女をまず料理人として雇い、時間をかけて自分のことを好きになってもらおうと決めたのだ。

それでも、怖がられていると意識すれば、どうしてもこちらの態度もぎこちなくなってしまう。いけないと思いつつ、つい言葉の端々《はしばし》が素っ気なくなってしまうのだ。

このままでは駄目だ。うかうかしていれば、あのジョシュのようにセシルを好きだという男がまた現れるかもしれない。今日だって、彼女は料理長の孫息子であるユーリと共にいた。

ユーリには今のところ、決まった恋人はいなかったはずだ。ユーリだけではない。この城には、恋人のいない男なんて山ほどいる。

これほど可愛らしく、気立ての良い娘なのだ。男たち全員が、彼女に好意を抱くのも時間の問題だと思えた。

その思いは焦燥《しょうそう》となり、ヴィクトラムを駆り立てる。彼女を今再び自分のものにしてしまえと、己《おのれ》の心の内で悪魔が囁《ささや》いた。孕《はら》ませさえすれば、誰にも文句を言わせず妻にすることができる……と。

そうして久しぶりに味わったセシルの体は、以前と変わらず極上の甘さだった。蕩《とろ》けるような中の感触も、柔らかな唇も、慎《つつ》ましく揺れる乳房も。その全てが、ヴィクトラムを引きつけて止まない。

好きだと言ってくれた彼女の言葉に、興奮を覚えたのも無理はない。セシルにはまだ『ヴィー』への愛情が残っているのだ。それがこの上なく嬉しかった。

ヴィーを好きになってくれたように、『ヴィクトラム』のことも愛してくれるようになれば良い。

ヴィクトラムはもう一度セシルの額《ひたい》に口づけを落とし、寝台から起き上がった。

第四章

翌朝。セシルは倦怠感《けんたいかん》と、かすかな体の痛みと共に目を覚ました。

傍《かたわ》らからはもう、とうにヴィクトラムの温もりは消えており、裸の肌に刻まれた赤い印だけが、昨日自分の身に起こったことを物語っている。

寝衣は身につけていなかったが、体のべたつきなどはなかった。眠っている間に、ヴィクトラムが事後処理をしてくれたのだろう。

恥ずかしさに頬が熱を帯び、思わず膝を抱え込む。

「ああ、もう……わたしったら……」

乱れに乱れて、はしたない姿をさらしてしまった。最後のほうはあまり記憶がないのだが、何か変なことを口走ったりしなかっただろうか。ヴィクトラムに呆れられるようなことをしていないか、それが心配だ。

ふと寝台脇のテーブルに目をやると、そこには置き手紙があった。

『セシルへ　今日の仕事は休みなさい』

走り書きのような文字で、たったそれだけ。セシルは慌てて窓の外を見た。日はもうすでに高い位置まで上っており、今が昼であることを告げている。

「うそ、遅刻⁉」

叫んで、セシルは寝台から跳ね起きた。それも、ただの遅刻ではない。大幅な遅刻だ。大慌てで下着を身につけると、洗面所に向かって歯磨きやら洗顔を済ませ、急いで制服に着替えた。慌て過ぎたせいで、調理服の前と後ろを間違えて着直したほどだ。

休めと言われはしたものの、セシルは昨日仕事を始めたばかりの新人だ。入って二日目でこれでは、他の皆にあまりに申し訳がたたなさすぎる。

筋肉痛に軋《きし》む手足を無理やり動かして、階段をものすごい勢いで駆け下りる。

「あら、セシルさんごきげんよう」

「こんにちは、さようなら！」

途中ですれ違ったアニエスが雑な挨拶《あいさつ》に目を丸くしていたが、構っている場合ではない。急いで厨房《ちゅうぼう》へ向かうと、ちょうど昼食の仕込みをしている最中だった。

「遅れてすみません‼」

息を切らして入ってきたセシルを見て、料理長が「おや」と声を上げた。

「セシル、アンタが目眩を起こしたってアニエスから聞いてたけど、休んでなくて大丈夫なのかい？　何も無理して出てこなくて良いんだよ」

「え!?　あ、ああ、アニエスったら大げさなんだから……」

きっと、ヴィクトラムが気を使ってそんな嘘を吐いてくれたのだと気づき、セシルは曖昧《あいまい》にごまかした。料理長はその言葉を信じてくれたようで、さして気に留めた様子もなく頷いている。

「大したことないなら良いけど、きつくなったらちゃんと言いなよ。ちょっと声も掠《かす》れてるようだし」

それは昨日さんざん喘いだせいです。……とはさすがに言えず、返事をするにとどめておく。

そうして昼食の仕込みに加わったセシルのもとに、ユーリがやってきた。

「セシル、体の調子はもう良いのかい？」

「うん、来るのが遅くなってごめんなさい」

サラダ用のレタスを一枚ずつ剥《は》がしながら、セシルはもう大丈夫だと証明するように、明るい笑みを浮かべてみせた。

「具合が悪かったんだから、そんなこと気にしなくて良いんだよ」

「は、はい……」

ユーリの思いやりに、笑顔が引き攣《つ》った。

理由が理由なだけに、その優しさが胸に痛い。料理長に引き続きユーリにまで気遣われ、罪悪感が募る。

でき上がった料理を料理人たちへ配る時も、セシルは皆から心配された。

「セシル、具合が悪いんならあんまり食べられないだろう」

「わたしがリゾットを作ってあげるからね」

そう言ってくれる同僚たちの手によって、瞬《また》く間にセシルのために病人食が完成した。

米の芯がほとんどなくなって、クタクタになったコンソメ味のリゾットだ。今日の献立《こんだて》は、せっかく大好物の鶏肉のローストだったのに……と思わず遠い目になってしまったものの、ありがたく気持ちを受け取り、リゾットを食べる。

昼食を終えた後は、ユーリに誘われ、昨日と同じように訓練場を訪れていた。先にベンチに座っていたアニエスと共に、なんとなく訓練の様子を眺めることにする。

「セシルさん、クッキーはいかがですか？」

「あ、ごめん……今食欲がなくって……」

「すみません、そういえば具合が悪かったんでしたね。医務室に行かなくてもよろしいのですか？」

「た、たいしたことないから大丈夫」

医務室になんて行けば、完全に仮病が発覚してしまう。しかも、心音を見るために胸元をはだけた際、ヴィクトラムからつけられた口づけの痕《あと》を見られてしまうだろう。

「ご無理なさらないで下さいね」

「そうね……ありがとうアニエス」

そんな風に会話を交わしながらも、セシルの意識はどうしてもヴィクトラムに向いてしまう。

鋭い剣で軽く部下をいなし、鮮やかな剣戟《けんげき》の音を立てて訓練をする彼の姿。きっと野盗や破落戸《ごろつき》と戦うために、日々研鑽《けんさん》を積んでいるのだろう。

ぼんやりと見つめながら、昨日あの逞《たくま》しい腕が自分を——などと考えかけて、ハッと我に返った。

昼間から何を考えてるの、わたしったら。

危うい方向へ傾きかけた思考を正常に戻すため、セシルはぶんぶんと頭《かぶり》を振った。ヴィクトラムにとって、あれは単なる性欲処理なのだから、いちいち気にしては駄目だ。

「素敵ですわ、ヴィクトラム様！」

今日はヒルダも見学に来ており、先ほどから誰にも負けないほど大きく、黄色い声を飛ばしている。そのたびに、ヴィクトラムはちらと彼女のほうを気にするようなそぶりを見せた。

あんな美人に素敵だなんて言われれば、きっとどんな男性でも嬉しいだろう。高貴な人というのは、ただ立っているだけでもこれほどまでに様《さま》になるものなのか。

胸も大きいし。

セシルは自分の胸元を見下ろし、思わず溜息を吐いた。こればかりは個人の差だからどうにもならないけれど、丸みを帯びた女性らしい体つきには、つい憧れてしまう。

ヴィクトラムも、ヒルダに思いを寄せているのだろうか。きっとそうに違いない。

けれど彼女のような名家の令嬢に手を出すわけにはいかないから、身分が低くて扱いやすいセシルに目を付けた。昨日の一件は、それだけのことなのだ。何も特別なことはない。

勘違いしちゃ駄目よ、セシル。

そうやって自分に言い聞かせながら、しばらく訓練を眺める。すると、不意にヴィクトラムがセシルたちのいる方向へ視線をやった。昨日のように逸らされるだろうと思っていたのだが、どうも様子が違う。

彼は眉をつり上げると、剣を急いで鞘にしまい、つかつかとセシルのほうへやってきた。

「何をやっている！」

「きゃっ」

ものすごい気迫で手を掴まれ、セシルは身を竦《すく》めた。手首の骨が軋《きし》まんばかりの強さだ。

「今日は仕事を休めと言っておいただろう！」

「す、すみません、でも――」

「言い訳は聞きたくない。顔色も良くないのに、仕事をするなんて何を考えている」

たじろぐセシルには構わず、ヴィクトラムは厳しい声で言い放つ。

思わずセシルはむっとしてしまった。何もそこまで怒ることはないではないか。顔色が悪いのだって、元はと言えばヴィクトラムが寝かせてくれなかったからだ。

「……そんなこと言ったって、翌日が休みでもないのにわたしにあんなことをしたのは、ヴィクトラム様じゃないですか」

つい、ヴィーにそうしていたように、小声でぼそぼそと反論してしまう。新人なのにまだ二日目で仕事を休むことがどれほど居たたまれないか、少し考えれば分かるはずだ。それなのに、そんな言い方をするなんてあんまりだろう。

聞こえないように言ったつもりだったが、地獄耳なのかヴィクトラムは聞き逃さなかった。

一瞬驚きに目を見開いたあと、まじまじとセシルの顔を見つめている。彼が眉間に皺《しわ》を寄せているのを見て、セシルは自らの発言を後悔した。

使用人が主《あるじ》に口答えするなんて、本来なら許されないことだ。怒鳴られるのだろうと身構えていたが、いつまで経っても怒声は降ってこない。

ヴィクトラムは眉間の皺《しわ》を緩《ゆる》めると唇の端をつり上げて、ふ……と笑ったのだ。

「……そうだな。君の言う通りだ」

「えっ……」

「先ほどは言い過ぎた。すまない。だが、くれぐれも無理をするな」

その瞬間、どよめきが起こった。ひそひそと、騎士たちのいる方向から囁《ささや》き声が聞こえてくる。

「お、おい、あの団長が謝ったぞ」

「あの、鬼の団長が……！」

使用人たちのほうを見れば、声に出さないまでも、驚愕も露《あら》わに表情を強張《こわば》らせている。皆、ヴィクトラムが素直に謝ったことに驚いているようだ。

だが、セシルはそれどころではなかった。

久しぶりに見たヴィクトラムの笑顔に、視線と意識が釘付けになり、周囲の様子が目に入っていなかったのだ。

ヴィーと、同じ笑顔……

「あの、ヴィクトラム様……」

「どうした」

「い、いいえ。わたしのほうこそ、失礼な態度を取ってすみませんでした……」

高鳴る胸の音に気づかれませんように。そう願いながら、セシルは赤くなっているであろう頬を隠すために小さく頭を下げて、そのまま厨房《ちゅうぼう》のほうへ駆け戻った。

ユーリが追いかけてきたのは、セシルが訓練場を立ち去って程なくしてのことだった。

「セシル！　どうしたんだい？　いきなりいなくなるから、アニエスもびっくりしていたよ」

腕を掴んで言うユーリの姿に、セシルは、自分が何も言わずに訓練場を後にしたことを思い出した。一緒にいたユーリやアニエスは、さぞかし驚いたことだろう。

「あ……ごめんなさい、ちょっと急用を思い出して」

「だったら良いんだけど、旦那様に怒られてびっくりしてしまったんじゃないかと思ってさ」

セシルの腕を離したユーリは、横に並んで歩きながらそんなことを口にした。

「意外かもしれないけど、旦那様が使用人を怒ることなんて滅多にないんだ。普段、城のことはほとんど執事さんに任せきりだしね」

「そう……なの」

「君の体調がよほど心配だったんだね。焦った旦那様なんて、初めて見たよ」

明るく笑う姿に、そんなものなのだろうかと思う。もし、本当に心配してくれたのなら嬉しいけれど、彼にとって自分は、そこまで気に留める価値のあるものなのだろうか。

いや、自惚《うぬぼ》れてはいけない。彼が本当に心配してくれたとしても、それはセシルが体を壊せば、欲望のはけ口として使えなくなってしまうからだ。それ以上の理由など、あるはずがない。

「それにしても、旦那様があんな風に笑うなんて。君、すごいよセシル。何を言ったんだい？」

「ええと、それは……。まあ、ちょっとね」

まさか彼に告げたことをそのまま言うわけにもいかない。セシルは言葉を濁《にご》してごまかし、別の話題を振ることにした。

「そういえば、ヴィクトラム様って、あんまり笑ったことがないの？」

「あんまりどころか、この城で働き始めてから一度だって旦那様の笑顔を目にしたことなんてないよ！　君も、『冷徹騎士団長』の噂は知っているだろう？」

「もちろんよ」

視線で人を凍り付かせるとすら言われる冷徹騎士団長の噂を知らない者など、きっとこの国にはいないはずだ。

彼がヴィーだった時はよく笑い冗談も言う人だったので、一度も笑ったことがないなんて信じられない。

ヴィーとヴィクトラム。いったいどちらが、本物の彼なのだろう。

考え込むセシルに、ユーリが思い出したというように口を開く。

「そういえばさ、君ってお菓子とか作れる？」

先ほどとはまるで別の話題にセシルは目を瞬《またた》かせながらも、困惑気味に頷いた。

「お店で出してたから、ある程度は作れるけど……」

「それはよかった！」

ユーリは嬉しそうに破顔し、セシルの前に回り向かい合う。そしてしっかりと両手を握ると、真面目な顔をしてセシルの瞳を覗き込んだ。

「あのさ、よければ僕に、お菓子の作り方を教えてほしいんだ。うちの料理人たちって、お菓子はてんでダメでさ」

「それは構わないけれど、ユーリって甘いものが好きなの？」

「あ、ああ、うん。まあ、好きだよ。うん。うんうん」

泳ぐような視線と、どこかはぐらかすような不自然な答えにピンときて、セシルは思わず笑ってしまった。

「分かった。手作りのお菓子を、アニエスに食べさせてあげたいんでしょう？」

「えっ！」

顔を赤くしたところを見れば、図星であることは間違いない。なんて分かりやすいのだろうと、くすくす笑いが零れてしまう。

「なんで分かったの？」

言い逃れできないと悟ったのか、ユーリは赤い顔をしながらもぼそりと呟《つぶや》いた。

「見ていれば分かるわよ。騎士団の訓練中、あなた訓練じゃなくてアニエスばかりに気を取られているもの。それに、アニエスって見学中ずっとお菓子を食べているし」

今思えば、セシルに「訓練を見に行かないか」などと誘ったのも、おそらくは兄の訓練を見に来ているアニエスが目当てだったに違いない。

サークを応援するアニエスを見て、口元を綻《ほころ》ばせるユーリに、もしや……と思うことが何度もあったのだ。

すっかり言い当てられたユーリは、真っ赤な顔で動揺している。

「そ、そっか……そんなに分かりやすかったんだ……」

「アニエスは気づいていないと思うけどね」

彼女は、仕事はできるけれど色恋沙汰には疎《うと》そうだ。ユーリのことも単なる友人としか思っていない様子である。

とはいえ、まったく脈がないわけではないだろう。友人としてだとしても、アニエスがユーリに好意を抱いているのは間違いない。

ユーリには世話になっていることだし、ここはひとつ応援してあげようと思う。

「それじゃ、今日の夕食作りが終わったら、さっそく作り方を教えるわね」

「ありがとうセシル、恩に着るよ……！」

ユーリは飛び跳ねんばかりの勢いで……いや、実際にスキップをしながら、厨房《ちゅうぼう》のほうへ戻っていく。あんなに喜んでくれるのなら、教え甲斐があるというものだ。

最初は簡単なクッキーやマフィンなどから入って、徐々に難しいお菓子を作れるようになれば良い。

セシルは指を折りながら頭の中で、ユーリに教えるお菓子の種類を検討し始めた。

それからというもの、セシルの夕食後は、ユーリの菓子作り特訓の時間となった。

ヴィクトラムに夕食を運んで行った後はすぐに厨房《ちゅうぼう》に舞い戻り、毎日違った菓子を教える。とはいっても、休みの前日は必ずヴィクトラムに「夜の世話」で呼び出されるため、その日だけは特訓を休まなければならないのだが。

初めは不慣れな様子だったユーリも、さすがに料理人だけあって覚えが早い。二週間も経つ頃には、いろいろな菓子を作れるようになった。

今日は、アニエスの大好物のシュークリームを作ってみた。膨らみもよく香ばしい焼き色がついた皮に、オレンジ風味のカスタードクリームを詰める。

味見をしてみて、セシルは親指と人差し指で丸い形を作って見せた。

「うん、美味《おい》しい。これならアニエスに贈っても大丈夫なんじゃないかしら」

「本当に⁉　ありがとう、セシル」

セシルのお墨付きをもらい、ユーリはほっとした様子だ。

「今から渡してきたら？　きっとアニエスも喜ぶわ」

「わ、分かった」

緊張した面持《おもも》ちでユーリがシュークリームを箱に詰め、セシルがそれを丁寧に包装紙で包んだ。

「頑張って！」

ユーリの肩を叩いて送り出すと、後片付けのために流し台に向かう。

今日は焼き物をしたため、少し時間が遅くなってしまった。外はすっかり暗くなっており、城内も静まり返っている。

ボウルや木べらをタワシで丁寧に擦り、洗剤とぬるま湯で汚れを落としていく。洗った道具は、乾いた布巾《ふきん》でしっかりと拭《ぬぐ》った。

そうしているうちにきゅう、と腹の音が鳴り、小腹が空いていることに気づいた。少し焦げ目のついてしまった失敗作のシュークリームがあったので、それを齧《かじ》る。疲れた体に、甘いものが嬉しい。

シュークリームを齧りつつ、鼻歌を歌いながら道具を元の場所にしまう。

その時、背後でカツンと靴底が床を叩く音がした。

「もう戻ってきたの？　早かったのね――」

ユーリかと思って振り向いたセシルは、言葉を失った。そこに立っていたのは、どこか険しい顔をしたヴィクトラムだったからだ。

「すみません、別の人かと思って」

「最近、部屋に戻るのが遅いようだが」

唐突に咎《とが》めるような口調で言われ、セシルは目を瞬《また》かせた。部屋に戻るのが遅いといっても、ヴィクトラムの食事が遅れたことは一度もない。それに、彼から夜の呼び出しがあった時は、きちんと時間通りに部屋を訪れているのに。

「え……はい。同僚にお菓子作りを教えていて……」

「知っている。私のところまで噂が回ってきた。君とユーリが近頃、とても親密にしていると」

「親密にというかその……」

どうやらヴィクトラムは、セシルとユーリが付き合っていると勘違いしているようだ。何と説明すれば良いものかと言葉を探して、ふと思い出す。そういえばこの城では、職場恋愛が禁止だったはずだ。もし、ユーリと自分にそんな噂が立っているのだとすれば、雇い主であるヴィクトラムも面白くはないだろう。

「すみません、職場恋愛が禁止というお話ですよね」

「っ……君とユーリは、もうそんな仲なのか……！」

「え!? ち、違います、わたしはただユーリに――」

「言い訳は聞きたくない」

目尻をつり上げたヴィクトラムが、つかつかとセシルのほうへ歩いてきた。そして腕を掴んで、ぐっと引き寄せる。

「い、痛……っ、ヴィクトラム様……っ」

「君は、私のものだ……！　他の男と恋仲になるなんて許さない……!!」

「やっ……」

そのまま、引きずられるように彼の部屋へ連れて行かれた。

寝台に押し倒され、しゅるりと胸元のタイを抜き取られる。そしてボタンが弾け飛ぶほどの勢いで、制服の前を強引に開かれた。

胸当てが露《あら》わになり、彼は両手でそれを引きちぎる。零れ出た乳房を隠そうとしたが、両手を押さえつけられて叶わなかった。

「やめて、ヴィクトラム様……っ」

抵抗したが、騎士団長であるヴィクトラムの前でセシルの力など何の役に立つだろうか。

彼はセシルの胸にむしゃぶりつき、噛みつくように先端を刺激する。

「んぁ、あ、やぁっ、やめて……っ」

痛みと紙一重の快楽に、瞳に生理的な涙が浮かぶ。

懸命に首を横に振ったが、ヴィクトラムからは何の反応もない。

　自分が他の男と恋仲になり、夜の世話がおろそかになることを心配したのだろうか？

　そもそも、恋人がいるのならヴィクトラムの夜の呼びかけに応えるはずがない。彼の中で、自分はそこまで軽い女なのだろうかと思うと、余計に悲しかった。

　そんな心中も知らず、ヴィクトラムはセシルの制服の下衣を下着と共に下ろすと、足から完全に抜き去る。そして愛撫もそこそこに、中に分け入ってきた。

「や、い、痛……っ」

　さほど潤《うるお》ってもいない場所に無理に太い杭をねじ込まれ、セシルは悲鳴を上げる。

　潤滑液が足りないため、屹立《きつりつ》したものはなかなかセシルの中へ入っていかない。そのため、入り口が引き攣《つ》るような痛みを訴えてくる。

「痛い、ヴィクトラム様……っ、やだ、や……っ」

「く……、ユーリに、体は許していないようだな」

　それを確かめるためだけに、こんなことをしたの……？

　わたしが、そんなことをするような女だと疑ったの？

　あまりのことに、胸が軋《きし》むほどの痛みを訴える。そして気づけば、頬を熱いものが伝っていた。

「ひ……っ、う……っ、うく……っ」

「た、ただ、お菓子作りを教えてただけなのに……っ、どうして……」

しゃくり上げながら、両手で涙を拭《ぬぐ》う。

ハッと、ヴィクトラムが息を呑んだのが分かった。

セシルの言い分を信じてくれたのか、すぐに体の中から彼自身が引き抜かれる。

「すまない、セシル……！」

「ふっ、う……、うぅ……っ」

泣きじゃくるセシルを、ヴィクトラムは迷うことなく抱きしめた。そして、焦ったような声で告げる。

「本当にすまない、何の言い訳にもならないが、君が他の男に体を許したのかと思うと、頭に血が上って――」

「ユ、ユーリには、本当に、お菓子作りを教えていただけで……、わ、わたしヴィクトラム様としか……っ」

「ああ、分かっている。君はそんなふしだらな女性じゃなかったな」

ヴィクトラムはセシルを落ち着けるように、柔らかな声で話しかけた。

こうしていると、母が倒れたあの日を思い出す。あの晩も、彼はセシルを優しく抱きしめてくれた。

だからつい、セシルは彼に甘えるように、縋《すが》り付いてしまう。

背中に回す手に力を込めると、ヴィクトラムの体が強張《こわば》った。けれどそれもほんの一瞬で、彼はセシルの行為を咎《とが》めはしない。

そうしてようやく落ち着いた頃、彼は乱れたセシルの制服を整え、問い掛けた。

「それにしても、どうして菓子作りを教えることになったんだ？」

「ユーリは、アニエスのために……」

言いかけ、セシルはハッと口元を押さえた。職場恋愛が禁止されているのに、それを匂わせるような発言をしてしまうなんて。

「ユーリがアニエスに？」

「あ……その、ええと……」

何かうまい言い訳はないものかとしどろもどろになっていると、不思議そうな顔をしていたヴィクトラムが「ああ」と頷いた。

「ユーリがアニエスに好意を抱いているということか？」

言い当てられ、セシルはうっとうめき声を漏らしてしまった。同僚の秘密を、よりによって雇い主に知られてしまうとは、とんだ大失敗だ。ユーリになんと申し開きをしよう。

何とかふたりのことは見逃してほしい。その一心で、深々と頭を下げた。

「お、お願いです、ヴィクトラム様！　ユーリのこと見逃してあげて下さい！」

「は……？」

「彼、アニエスのことが好きで一生懸命頑張ってきたんです。仕事場に恋愛を持ち込んでしまったお咎《とが》めならわたしが受けますから、どうかお願いします……！」

「お、おい。何を勘違いしているのか知らないが、私は職場恋愛を禁じた覚えはないぞ」

土下座せんばかりの勢いのセシルの肩を掴み、ヴィクトラムがやや強引に顔を上げさせる。思いも寄らぬ言葉に、セシルは目を丸くした。

「えっ？　だって……」

セシルは、自分がここに来た初日のことを思い出す。確かあの日、アニエスが言っていたはずだ。男性使用人専用の区域には立ち入らないようにと……

セシルがそう伝えると、ヴィクトラムは呆れと苦笑を禁じ得ないようだった。

「それで君は、うちの城が職場恋愛禁止だと思い込んだのか」

「そう……です。風紀が乱れるからだろうと思って……」

「風紀か。それなら、私は君にこういうこともできないな」

すっとヴィクトラムの整った顔が近づいてきたかと思えば、瞬《まばた》きの間に唇を柔らかいものて塞がれる。

こういうことって……

「ん……っ」

けれど目を瞑《つむ》ったのも一瞬のことで、すぐに彼は離れていった。

「……オレンジの味がする」

セシルの濡れた唇を指で拭《ぬぐ》いながら、滴《したた》るような色香を目元にたたえてヴィクトラムが言う。

離れていくのが惜しいと感じるなんて、どうかしている。もっと、口づけていてほしかっただなんて。

「ク、クリームの味です。オレンジのリキュールとペーストを使っていて……あ、ヴィクトラム様もシュークリーム、召し上がりますか？　ちょっと失敗したんですけど、味には問題ありませんので。あの、後で籠《かご》に詰めて持っていきますね……」

今気にするべきことはもっとほかにあるはずなのに、動揺のあまり、そんなどうでも良いことを口走ってしまう。

そんなセシルを、ヴィクトラムは目を細めて見やると、ぽんぽんと頭を撫でた。彼が記憶を取り戻す前は、よくこうしてセシルのことを撫でてくれた。以前は子供扱いのようだと感じていたそれも、今は無性に懐かしい。

ヴィー、と言いかけ、慌てて口を噤《つぐ》んだ。このところ気を抜けば、ヴィクトラムのことをそう呼んでしまいそうになるのだ。

近頃、ヴィクトラムの笑顔が増え、ついヴィーを重ねてしまうからだろうか。使用人たちの間でも、「最近、旦那様が柔らかくなった気がする」と、もっぱらの評判なのだ。

「シュークリームは書類仕事の合間にいただこう。その前に、一度部屋に戻って着替えたほうがいい」

制服は無事だったが、胸当ては破れてしまった。彼はそのことを言っているのだ。

「あ……はい。着替えたら、厨房《ちゅうぼう》に戻ってシュークリームを用意してきます」

「ありがとう。体は痛まないか？　本当に、申し訳ないことをした」

「は、はい、大丈夫です……」

優しい言葉にほんのりと灯った熱を、いつまでも心の中に残しておければ良いのに。

分不相応な願いを抱くセシルに、ヴィクトラムは別の問い掛けをする。

「それから、今度からは食事の際に何か菓子をつけてくれるか？　君の手作りのものが食べたい」

「は、はい！　もちろんです、とびきり美味《おい》しいのを作ります！　たくさん作ります!!」

「そんなにたくさんは、私も食べきれないな」

元気の良いセシルの返事に、ヴィクトラムは楽しそうに笑う。

「まあ、何か考えておいてくれ」

「はい、それでは失礼します」

部屋を後にし、セシルは弾む足取りで自室へ向かう。

何を作るのが良いだろう。マフィンか、林檎《りんご》のパイか、それともベリーのタルトか……

そうして、ふと足を止める。

職場恋愛が禁止ではないのなら、ヴィクトラムはどうして、男性使用人の居住区域に近づくことを禁じたのだろう。

考えてみたが、いつまで経っても答えは出ない。

――今度、ヴィクトラム様に聞いてみようかしら……

そんなことを考えながら、セシルは部屋に戻ったのだった。

近頃、城の女性たちの間でヴィクトラムの人気が出始めているらしい。そんな噂をセシルが聞いたのは、城で働き始めて一月《ひとつき》経った頃だった。

暑い気候の中、釜の前に立って、汗を拭《ぬぐ》いつつパンの焼き加減を見ていたセシルは、ある会話を耳にした。

「最近、旦那様もなんだか穏やかになられたからねぇ。この間は、洗濯係のエマが恋文を渡したそうじゃないかい」

料理長と他の料理人のやりとりに、セシルの胸がひとつ、嫌な鼓動を打った。

洗濯係のエマといえば、男性使用人の人気も高い、気立ての良い美人である。特定の恋人はおらず、毎日のように恋文をもらっているのだとか。

そんな相手から恋文をもらえば、男として嬉しくないはずがないだろう。

「そ、それでどうなったんですか？」

さりげない様子を装《よそお》いつつセシルが尋ねると、料理長は皿にのったチーズのオムレットにソースをかけながら、苦笑いした。

「それが、旦那様は心に決めた人がいるって、取り合いもしなかったそうだよ」

「心に決めた人……」

「きっと、ヒルダ様のことでしょうねぇ」

誰かが発したその言葉が刃《やいば》となり、セシルの胸をぐさりと刺した。しかも、それは一撃では終わらない。

「近頃、ヒルダ様と旦那様のご結婚が近いって、まことしやかに囁《ささや》かれているそうじゃないですか」

「ヒルダ様と結婚なさったら、旦那様はクロディーヌ公爵家の跡取り婿となるわけですしね！　それに何より、ヒルダ様はお綺麗ですから。旦那様も満更じゃないのでは？」

ぐさぐさと、同僚たちの言葉がセシルをめった刺しにする。

彼らはただの世間話をしているつもりだろうけれど、セシルにとっては非常に繊細な話題なのだ。

彼のそばにいられればそれで良い。そんな思いで仕え始めたとはいえ、ヴィクトラムが別の女性と幸せになるところを見て「良かった」と祝福できるほど、セシルの心は広くない。

だけど、ヴィクトラムが幸せになるのは喜ばしいことである。矛盾したふたつの気持ちが心の中でぶつかりあってしまうのは、複雑な乙女心だ。

「あっ、パンも焼けたことですし、わたし、ヴィクトラム様にご朝食を持っていきますね」

もうこれ以上皆の話を聞いていたくなくて、セシルは逃げるように銀盆を持って厨房《ちゅうぼう》を後にした。

今日の献立《こんだて》は、セシル特製のチーズのオムレットだ。これは先日、料理長に試しに一品作ってみろと言われ、賄《まかな》いとして作った品である。これがなかなか好評だったため、今日の朝食として採用されたのだ。

一月《ひとつき》経って、料理人として認められたセシルは、皆から頼られるようになっていた。

「ヴィクトラム様、セシルです」

「ああ、入りなさい」

いつも通りのやりとりの後に部屋に入ると、ヴィクトラムは書類仕事をしている最中だった。

扉を閉めた弾みで、書類が数枚床に落ちてしまう。

「あっ、申し訳ありません」

銀盆をテーブルの上に置くと、セシルは落ちた書類を拾い上げた。

そしてふと目に飛び込んできた文字に目をとめる。

「クロディーヌ公爵家って、ヒルダ様のご実家でしたよね。何か問題でもあったんですか？」

書類には、ヒルダの名前やクロディーヌ公爵家に関する記述がある。屋敷の間取りや、周辺の地形、ヒルダの家族関係などだ。

「……ああ。彼女の屋敷の周辺も、黒虎騎士団が守っているからな」

ヴィクトラムはどこか慌てた様子で、書類を机にしまい始めた。

もしかしたら重要な書類で、セシルのような部外者が見てはいけないものだったのかもしれない。だとすれば、ぶしつけに聞いてしまったことが申し訳ない。

「も、申し訳ありません。出すぎた真似をしました」

セシルはそれきり口を噤《つぐ》み、ヴィクトラムの食事の準備を整える。

「どうぞ、お召し上がり下さい」

「ありがとう。今日のデザートも美味《うま》そうだ」

銀盆の上には料理のほかにプリンがのっており、サクランボやメロンが鮮やかな彩《いろど》りを添えている。

先日ヴィクトラムから頼まれた通り、セシルは毎回菓子をひとつ、つけるようになっていた。喉ごしの良いあっさりとした甘さのプリンは、この暑い季節に最適のデザートだ。

ヴィクトラムがスプーンを手に取るのを横目に、セシルがドアを開けた時だった。

「このチーズのオムレットは……」

言いながら、ヴィクトラムはスプーンを置いて口元を手で覆っている。

何かあったのかと心配になり、セシルは彼のもとへ戻ってチーズのオムレットを確認した。見た目では特に異常があるわけではないが、おかしな物でも入っていたのだろうか。

「すみません、もしかして何か問題が……？」

「あ、いや。これは君が作ったものだろう」

「そ、そうです」

言い当てられ、たじろぎながら返事をした。見た目は何の変哲もないチーズのオムレットなのに、どうして分かったのだろう。

「以前、何度か作ってもらったことがあっただろう。あの時の味と同じで美味《うま》い。……懐かしいな」

「本当ですか⁉」

胸の中で、喜びが弾ける。

このチーズのオムレットは母から教えてもらった料理で、自分なりに試行錯誤をした末に、少し味を変えたものなのだ。自信作だったのでヴィーにもしょっちゅう振る舞っていたのだが、懐かしいと思うほどに気に入ってくれていたなんて知らなかった。

「ありがとうございます！　初めて皆さんの分の食事を作らせていただいたんですけど、味が大丈夫かなって心配で」

「私は君の料理の腕を買って料理人として雇ったんだ。自信を持ってもらいたい」

「あ……そ、そうですよね」

弾んでいたセシルの心は、ヴィクトラムの言葉で、水をかけられたかのように鎮《しず》まってしまった。

料理の腕を買って……

自分がここにいる理由を改めて突きつけられたことに、前以上に衝撃を受けてしまう。

何を落ち込んでるのよ、分かってたことじゃない！

心の中で自分を叱咤《しった》し、笑い飛ばそうとするけれど、うまく笑えている自信がなかった。そんな時、扉を叩く音がコンコンと響き、ヒルダの声が聞こえてくる。

「ヴィクトラム様、おいでですか？　捕らえた野盗の護送についてご相談に参りましたの」

「ああ、ヒルダ殿。どうぞ」

ちら、とヴィクトラムがセシルを見る。出て行けと無言で言われているのが分かり、ちくりと胸が痛んだ。自分は邪魔者なのだ、なんて卑屈な考えが浮かんでしまう。それが心底嫌だ。

「あら、あなたは……」

「こんにちは。ヒルダ様」

「ごきげんよう、料理人の方ですわね。お仕事ご苦労さま」

花のように優美な笑みを浮かべたヒルダに労《ねぎら》いの言葉をかけられ、セシルは頭を下げることしかできなかった。

ヒルダはヴィクトラムへと近づき、手にしていた包みを差し出す。

薄桃色の柔らかな包装紙に包まれていたそれは、焼き菓子のようだった。ふわりと甘いバニラの香りが漂《ただよ》っている。

「屋敷で焼いてきたんですの。お口に合えばと思って……」

「これはわざわざ申し訳ない。小腹が空いた時にでもいただこう」

かすかな笑みを浮かべてそれを受け取るヴィクトラムの姿に、胸の奥が軋《きし》むような音を立てたのが自分でも分かった。

ヴィクトラム様のおやつは、いつもわたしが作っているのに……

悔しさと、次いで情けなさを覚える。たかが菓子ひとつで、こんなことを考えるなんて。自分の作った菓子だけを食べてほしいなど、贅沢にもほどがある。

居たたまれず、セシルはふたりから顔を背《そむ》けるようにして俯《うつむ》いた。もう、甘ったるいバニラの香りは嗅《か》いでいたくない。

「すみません。わたし、もう失礼します」

「おい、セシル――」

ヴィクトラムに声をかけられたが、セシルは顔を上げないまま、早足で部屋を出た。

これ以上、ふたりが一緒にいるところを視界に映したくない。

だが、階段を下りている途中で、自分のそんな態度を後悔した。

「あぁぁ……」

頭を抱えたまま、妙な声を上げて階段に座り込んだ。

まるでかんしゃくを起こした子供のような自分が、心底嫌になる。

冷静になって考えれば、主人と未来の奥方候補相手に、何て失礼な態度を取ってしまったのだろう。クビになっても仕方のない所業だ。

母さんとヴィクトラム様のために頑張るって決めたのに、わたしったら何やってるのよ!

仕事に私情を挟むなんて、料理人として失格だ。

膝に額《ひたい》をゴンとぶつけたセシルは、すっくと立ち上がると何度か深呼吸を繰り返した。

こんな風に気分がモヤモヤしてしまう時は、アレをやるしかない。

「はっ、ほっ‼」

むぎゅ、むぎゅ、ばたん、ばたん。

ぐに、ぐに、びたん、びたん。

気合のこもった声と共に、何かを叩きつけるような音が厨房《ちゅうぼう》に響く。音の出所は、セシルだ。作業台に向かい、一心不乱にある物を捏《こ》ねている。

「えいっ、やっと!!」

作業が終わると、セシルは晴れ晴れとした顔で天井を仰いだ。目の前には、できたての真っ白なパン生地がある。

「よし、できたー……!」

ヴィクトラムの部屋から厨房《ちゅうぼう》に戻り、無心でパンを捏《こ》ね始めてから数十分。ようやく生地が完成した。あとは、一時間ほど発酵させて焼くだけだ。

城中の人々が食べるだけの生地は量が多く、捏《こ》ね甲斐がある。心がモヤモヤしている時は、やはりこれが一番。台の上で生地を捏《こ》ね、豪快に叩きつけているうちにすっきりとしてきた。

実家でも、気分がくさくさした時やイライラした時などは、こうやってパン作りに精を出していた。

「そういえばヴィーは、ベーコン入りのパンが好きだったわね……」

ふとそんなことを思い出し、セシルはベーコンの在庫を確認した。焼きたてを夕食時に届けよう。ヴィクトラムは喜んでくれるだろうか。

ベーコンを手に作業台に戻った時、ちょうどユーリが姿を現した。

「やあセシル、精が出るね！」

「ユーリ、お疲れさま」

今日が仕事休みの彼は、いつもの制服ではなく私服姿だ。

生地で汚れた手を流しで洗うと、セシルは水気をエプロンで拭いてユーリのほうへ近づいた。どこかへ出かけるところなのか、手には籠《かご》を持っている。

「その籠《かご》、どうしたの？　ピクニック？」

「ああ、実は……」

「ユーリ、こんなところにいたのね」

ユーリが説明しようとしたその時、向こうからアニエスがやってきた。彼女もまた休日らしく、淡い水色のワンピースでおめかしをしている。

アニエスはユーリの腕に自分の手を絡めながら、セシルに向かってぺこりと頭を下げた。

「セシルさん。こんにちは」

「こんにちは」

アニエスの満面の笑みと、照れたようなユーリの表情。親密そうなふたりの様子に、セシルは口元を綻《ほころ》ばせた。

「ねえ、もしかしてふたりって……」

セシルの問い掛けに、ふたりは顔を見合わせて恥ずかしそうな笑みを浮かべた。

先に答えたのはアニエスだ。

「ええ、実は数日前から付き合い始めたんです。ユーリ、いつも私のためにお菓子を作ってくれて、それが嬉しくて……」

「君がお菓子作りを教えてくれたおかげだよ、セシル」

初々《ういうい》しい恋人同士の様子に、セシルは思わず破顔する。

ユーリの頑張りが実を結んだということだろう。お菓子作りがふたりの仲を取り持つのに少しでも役に立ったのなら、指導した甲斐があるというものだ。

「それじゃ、今日はもしかしてふたりでおでかけ？」

「そ、そうなんだ。アニエスと一緒に、街の公園に散歩に……」

ということは、籠《かご》の中身はユーリお手製の弁当だろうか。そういえば昨日彼は、夜遅くまで厨房《ちゅうぼう》で何か作業をしていた。今日のために、張り切って準備をしていたに違いない。きっと、アニエスも喜ぶはずだ。

「そっか、楽しんできてね。今日の夕食に、美味《おい》しいパンを作って待ってるから」

「ありがとう、それじゃ行ってくるね」

手を振って送り出すと、ふたりは仲良く手を繋《つな》いで去っていく。その後ろ姿に、ほっこりと心が温まった。

けれどそれと同時に、嫉妬にも似た羨望《せんぼう》の気持ちが、セシルの中に芽生える。

もちろんふたりのことは喜ばしいし、応援もしたい。けれど、何の障害もなく付き合えるふたりがうらやましくて、胸に突き刺さる。

こんなことを考えてはふたりに悪いと思っていても、どうしても比べてしまう。

わたしとヴィクトラム様とは、大違い……

ヴィクトラムがセシルを抱くのは、好意ゆえではなく、都合の良い女なのだからと分かっている。文句も言わず、出しゃばることもない、好きな時に抱ける女だから――

「駄目よ、仕事中！」

暗鬱《あんうつ》となる心に活を入れるように両手を打ち鳴らし、セシルは目に滲《にじ》んだ涙を急いで拭《ぬぐ》った。

そして後片付けをしようと踵《きびす》を返したその時、背後でカツンと甲高い足音が響いた。

振り向けば、そこにはヒルダが立っている。

豪奢《ごうしゃ》な深緑のドレスがこの厨房《ちゅうぼう》という場所には不釣り合いで、どうにもちぐはぐに見えた。

「ヒルダ様！」

急いで頭を下げながらも、頭の中には疑問が浮かぶ。なぜヒルダがここにいるのだろう。それも、おつきの侍女もなしで。この辺りは厨房《ちゅうぼう》や洗濯室など、彼女には縁のない設備ばかりのはずなのに。

粉だらけのセシルを見て、ヒルダはふんと鼻を鳴らした。

「みすぼらしいですわね」

蔑《さげす》むような視線と声に、セシルは目を瞬《またた》かせる。自分に向けられたものなのか、咄嗟《とっさ》に判断できなかったのだ。

だが、この場にはセシルとヒルダしかいない。となると、今の言葉は間違いなくセシルに向けられたものだ。

「すみません、お見苦しい姿をお見せして。パンを作っていたのです」

謝るセシルに対し、高圧的な態度を崩さないまま、ヒルダは腕組みをした。ヴィクトラムの前で淑《しと》やかに振る舞っている彼女とは、まるで別人のようである。

彼女は、つん、と顎《あご》を上げた傲慢《ごうまん》な態度で、セシルを見下ろす。

「あなた、ずいぶんとヴィクトラム様に目をかけられているようですわね」

「目を……と言いますと」

「お食事を運ぶようにとか、特別にデザートを作るようにとか言われているそうではありませんの」

「あ、それは……ヴィクトラム様がわたしの作る料理を気に入って下さっているからで、他意はないかと」

「他意などあってたまるものですか！」

唾棄《だき》するような勢いで言い放つヒルダに、セシルは目を丸くした。

いったいヒルダ様は、何をそんなに怒っているの——？

「聞きましてよ。あなた、ヴィクトラム様が記憶喪失になっている時に、面倒を見ていたとか」

「え、ええ……そうです」

「本当は、ヴィクトラム様の身分を分かった上で、報酬目的で助けたんじゃありませんの？」

思いも寄らぬ邪推《じゃすい》に、一瞬ヒルダが何語をしゃべっているのだろうと思ってしまった。

そもそも、私服で倒れていたヴィクトラムの身分なんて、あの時点で分かるはずがないというのに。呆然とするセシルに近づいたヒルダは、睨《にら》みながら言葉を続けた。

「良いこと？　ヴィクトラム様はあなたを命の恩人だと思って、特別扱いしているのかもしれません。けれど、わたくし正直あなたが目障りですの」

「め、目障りって……わたしが何かしましたか？」

「まあ、生意気ね。何かしたとかしないとかそういう話ではなく、あなたの存在自体が煩《わずら》わしいと言っているの！」

そんなことを言われたって……とセシルは困惑気味に目を伏せた。ヒルダとはこれまでほとんど会話なんてしたことがない。それなのに煩《わずら》わしいと言われても、いったいどこをどう直せば良いというのか。

「あなた、ここを出てお行きなさい。わたくしは近々ヴィクトラム様と結婚するのよ」

セシルは頬を殴られたかのような衝撃を受ける。

「ヒルダ様とヴィクトラム様が、結婚――？」

愕然《がくぜん》とするセシルに、ヒルダは勝ち誇った顔で告げた。

「あなたのような野鼠《のねずみ》が高貴なわたくしたちの周りをウロチョロしていては、目障りですわ」

「の、野鼠《のねずみ》って……」

ヴィクトラムとヒルダが結婚するということに胸が大きく軋《きし》んだが、セシルはなけなしの矜持《きょうじ》をかき集め、感情を表に出すことはしなかった。

「でも、わたしを雇ったのはヴィクトラム様です。どうしてヒルダ様が辞めろだなんて仰《おっしゃ》るんですか……」

相手が貴族で、敬《うやま》うべき存在だということは分かっている。けれどぶしつけな物言いにはさすがに黙っていられず、反射的に言い返してしまっていた。

辞めるか辞めないかはセシルが決めることで、辞めさせるか辞めさせないかはヴィクトラムの決めることだ。なのになぜ、部外者であるヒルダにあれこれ指図されなければならないのか。

しかも、どうにもならない身分のことまで貶《おとし》めるなんて。庶民は庶民なりに、誇りを持って生きている。いくら貴族とはいえ、それを踏みにじるような発言は許されないはずだ。

強気に出たセシルに対し、ヒルダは一瞬怯《ひる》んだ様子を見せた。

いつも、大勢のメイドたちに傅《かしず》かれている彼女のことだ。平民が反論するなんて、予想外だったのだろう。だが、すぐに気を取り直したように嘲笑を浮かべる。

「本当に生意気だこと。まあ、あなたがどうしても出て行かないというのなら、ヴィクトラム様と結婚した後に、追い出して差し上げますわ」

「結婚した後に……」

「ええ、そうよ。わたくしと結婚すれば、ヴィクトラム様の将来は安泰ですわ。何せ、わたくしは由緒《ゆいしょ》正しいクロディーヌ公爵家のひとり娘ですもの。騎士の称号しか持たないヴィクトラム様にとって、我が家の爵位は喉から手が出るほどに欲しいでしょうね」

「……それが、何か関係あるんですか？」

「大ありですわ。ご存じなくって？」

セシルの無知を嘲《あざけ》るように大げさに驚いたヒルダは、自慢げに肩を聳《そび》やかす。

「貴族でなければ白鳥騎士団には入れませんの。この意味がお分かり？」

「白鳥騎士団……」

それは、ヴィクトラムが入団を夢見ている騎士団の名前だ。

けれどヒルダの話によれば、入団するには貴族の子弟でなければならないらしい。――つまりヴィクトラムがヒルダの家の入り婿にならなければ、永遠に叶わない夢となってしまう。

じわじわとヒルダの言いたいことが呑み込めてきたセシルに、とどめのような一言が放たれた。

「こう言ったら察しの悪いあなたも考えを変えてくれるかしら。——あなたがここを辞めない限り、わたくしはヴィクトラム様とは結婚いたしません」

「そんな……っ⁉」

あまりに卑怯な物言いに、セシルは絶句するしかない。

ヒルダにとっては、ヴィクトラムの夢を手助けすることよりも、セシルを追い出すことのほうが重要だというのか。

愕然《がくぜん》とするセシルの様子をどう感じたのか、ヒルダは満足げに目を眇《すが》めた。勝ち誇ったような表情だ。

「よくお考えになることね。自分と、ヴィクトラム様の将来と、どちらが大事なのか」

軽《かろ》やかな笑い声と、靴底の音を響かせながらヒルダが去っていく。その嘲笑がいつまでも耳にこびりつき、セシルは長いことその場に立ち尽くしていた。

——あなたがここを辞めない限り、わたくしはヴィクトラム様とは結婚いたしません。

「どうすれば良いの……？」

自分の存在がヴィクトラムにとって邪魔になることは間違いない。

自分と、ヴィクトラムの将来。天秤にかけるまでもなく、彼の将来のほうが大事だ。だったら、大人しく身を引くべきなのだろうか。自分の思いに蓋をして、潔《いさぎよ》くここを去るべきなのだろうか。

「……どうしてうまくいかないのかなぁ」

唇から、ぽつんと小雨のように弱い呟《つぶや》きが落ちた。

ただ、好きな人のそばにいたいというのは、そんなに贅沢な願いだったの？

それからというもの、セシルは城でヒルダと顔を合わせるたびに、同じ言葉を聞かされた。

――いったいいつお辞めになるの？

――自分の存在がヴィクトラム様にとって害にしかならないのだと、分かっているのでしょう？

ヒルダは、誰も見ていない時を見計らって必ずセシルに囁《ささや》きかける。それはまるで呪いのようにセシルを苦しめ、夢の中でまで鳴り響くほどだった。

どこまでも、どこまでも追いかけてくるヒルダの声――

「セシル、どうした」

「あ……　ヴィクトラム様」

ふらついたセシルの体をヴィクトラムが受け止めたのは、部屋に戻ろうとして階段に足をかけた時だった。傾《かし》いだ体は、腰に添えられた腕によって事なきを得る。

連日の寝不足で足下が覚束《おぼつか》ず、仕事を早退させてもらったのだ。

「気をつけなさい」

「すみません……」

謝るセシルの顔をヴィクトラムは正面からじっと見つめて、眉間に皺《しわ》を寄せる。

「ずいぶんと顔色が悪いな。熱でもあるのか」

こつん、と額《ひたい》同士をぶつけるようにして、セシルは体温を確かめられる。口づけできるほどの距離に近づいた顔にどきりとしたのも一瞬で、すぐにヴィクトラムは離れていった。

「熱はないようだが、今日は早く休みなさい」

「でも、夜のお世話が……」

今日はちょうど、前もって夜の世話を言いつけられていた日だった。セシルがヴィクトラムのために役立てることなんて、料理作りか夜の世話しかないのだ。少し体調が悪いくらいで休みたくはない。

けれどヴィクトラムは、その答えが気に入らなかったようだった。

「こんな時に馬鹿な心配をするな」

セシルを抱きかかえると、急ぎ足で階段を上り始める。

急に高くなった視界に、目を白黒させた。逞《たくま》しい腕が、膝の後ろと背中を力強く支えている。

「ヴィ、ヴィクトラム様!? あの、自分で歩けます」

「黙りなさい。君の部屋まで連れて行く」

ぴしゃりと断ち切るような声でセシルを黙らせた彼は、部屋へ向かう。人ひとり抱えたまま扉を器用に開けると、寝室へ足を踏み入れた。

そして丁寧な手つきでふんわりと寝台へ下ろし、靴を脱がせてくれる。

そんなことまでしなくて良いのに、と恥ずかしさからもぞりと体を動かしたが、セシルの戸惑いにヴィクトラムが気づくことはない。

彼はそのまま、掛布をセシルの胸元まで引き上げた。完全に至れり尽くせりの病人扱いだ。

「あ、あの……っ」

「今日はもう寝なさい」

有無を言わさぬ命令口調であった。これ以上抵抗しても、せっかくの心遣いを無駄にするだけだろう。

寝不足なのは本当だったので、本音を言えば彼の言葉はありがたかった。

「ごめんなさい……」

「何を謝っている？」

「夜のお世話ができなくて……」

セシルの存在価値などそのくらいしかないのに、それすら果たせないことが申し訳ない。

掛布から顔を覗かせながらそんな風に謝ると、ヴィクトラムが困ったように笑い、セシルの頭を撫でる。できの悪い子供を見るかのごとき目だった。

「そんな馬鹿なことは気にしないで良いと言っただろう。今は体調を調《ととの》えることだけを考えろ」

「はい……」

撫でる手の優しさに、思わず泣きそうになる。セシルはそれを隠すために、慌てて掛布の中に顔を突っ込んだ。鼻の奥がつんと痛い。

泣いたら駄目だ。泣いたら、変に思われてしまう。

涙の理由を聞かれれば、きっと自分はぽろりと口にしてしまうだろう。ヒルダから言われたことや、ヴィクトラムへ密かに抱いている思いを。

けれどそんなことを言われても、ヴィクトラムは困るだけだ。彼の笑顔が、困惑に歪むのを見たくない。だから、隠さないと。この、ずるい独占欲を。

奥歯を噛みしめて涙を堪《こら》えたセシルは、そろりと顔を出してヴィクトラムを見上げた。

「……どうした？」

「ヴィクトラム様は……」

「ん？　俺が何だ」

「白鳥騎士団に入りたい、と思ったことはありますか？」

セシルの質問が思いも寄らないものだったらしく、ヴィクトラムが目を瞬《またた》かせた。

それもそうだろう。会話の前後の繋《つな》がりもない、それはあまりに唐突な問い掛けだった。

「いきなりどうしたんだ、そんなことを聞いて」

「前に、ユーリからそういうことを聞いたんです……」

戸惑うような声に、セシルは真剣な眼差しを送る。

どうしても聞きたかった。もし、彼が白鳥騎士団などに興味がないと言えば、セシルがここを辞めなければいけない理由もなくなる。ずるいかもしれないが、そんな最後の希望に縋《すが》りたかったのだ。

けれどヴィクトラムは、しばらく考え込むような様子を見せた後、迷いなくこう答えた。

「ああ、そうだな。やはり騎士であれば誰でも一度は、白鳥騎士団に入ることを夢見るのが当然だろう」

心の中で、ガラスが砕け散ったような音がした気がした。それは、望みが粉々に砕け散った音――

「そう、ですか」

ぎこちない笑みを浮かべ、セシルは痛む胸元を掌《てのひら》で押さえた。やはり……という納得よりも落胆のほうが大きいなんて、あまりに身勝手だ。

ヴィクトラムが白鳥騎士団に入りたいのであれば、ヒルダとの結婚が必須条件になる。彼女の言った通りにセシルが辞めれば、ヴィクトラムは美しいヒルダを妻にし、夢を叶えることができるのだ。

そこに、セシルの居場所はない。どこにも、ないのだ。

「いきなり、すみませんでした。答えて下さってありがとうございます」

「それは構わないが、セシル……大丈夫か？　また、少し顔色が――」

「大丈夫です、全然心配いりませんから！」

あえて明るく言い、セシルは自分の心の内を彼に見せまいとする。けれど、本当は今すぐにでも彼に縋《すが》って泣きたかった。

ヒルダと結婚なんてしないでほしい。自分だけを見ていてほしい。

ヒルダとヴィクトラムが話をしているだけで、胸が嫉妬の炎で炙《あぶ》られる。

ヒルダを抱いているヴィクトラムを想像するだけで、目の前が真っ暗に染まる。

けれどそれを口にする権利も、勇気も、セシルにはなかった。

「ありがとうございます。ヴィクトラム様、お仕事中だったでしょう？　お手間を取らせてすみませんでした。わたしは大丈夫なので、もうお戻りになって下さい」

早口で言い終えると、話を終わりにしたいとばかりに寝台の上で顔を背《そむ》ける。

ヴィクトラムはまだ何か言いたそうな気配を漂《ただよ》わせていたが、セシルが眠る体勢になったのを見ると、溜息を吐いて出て行った。

無礼だと思われたかもしれないが、今のセシルにそれを取り繕《つくろ》う余裕はなかった。

やがて扉が閉まり、室内に自分以外の人の気配がなくなったのを確認して、寝台からのろのろと体を起こす。

しんと静まり返った室内で、自分の心の声がうるさいほど頭に響いた。

自分が彼の夢にとっての障害になると決まった以上、もうここにはいられない。好きという感情だけでは、どうにもならない事実も存在するのだということを思い知った。

結局、セシルはヒルダの言葉に従うほかないのだ。

屈したわけではない。全てヴィクトラムのためだと必死で言い聞かせることで、自分を納得させた。そうでもしなければ、現実の無情さに恥も外聞もなく泣きわめいてしまいそうだった。

急に辞めると言えば、きっとヴィクトラムは訝《いぶか》しがるだろう。せっかく仲良くなった料理人の皆も、引き留めるかもしれない。そうなった時に、セシルは辞める理由をうまく説明できる気がしなかった。

それを避けるためには、誰もいない夜中に出て行くしかない。鞄にできるだけ荷物を詰めて、密かに城を出て行く準備を整えようと決めた。

第五章

数日後、セシルはあらかじめ用意しておいた荷物を手に、ひとり部屋にいた。

動きやすいワンピースに身を包み、ただひたすら城の人々が寝静まる時を待つ。

やがて廊下は恐ろしいほどの無音に包まれ、外からフクロウの鳴き声が聞こえ始めた。

そっと扉を開いて廊下を覗くと、燭台《しょくだい》の火はとうに消され、扉の隙間から漏れ出る光もない。

夜の帳《とばり》が降りた今、明かりとなるのは窓の外から差し込む満月の光だけだ。皓々《こうこう》と照る月は、いつもより少しだけ眩《まばゆ》い。月に加えて星々の輝きも、暗い地上にささやかな光を落としている。

曇り空でなくて良かった、と、空を見上げてセシルは思った。

下手に灯りを使えば誰かに見咎《みとが》められるだろうからと、セシルは月明かりだけを頼りに部屋をそっと抜け出した。

忍び足で廊下を通り抜けて階段を下りる途中、時折背後をうかがうも、セシルが城を抜け出そうとしていることに気づく者の姿はなかった。

見つかったらどうしようという不安で、月の光に揺れ動く自分の影にすら怯えてしまう。

額《ひたい》に浮かぶ冷や汗をハンカチでそっと拭《ぬぐ》いながら、セシルは音を立てないように使用人専用の裏口を開けた。

ここから城下町までは、専用の細い階段で下りられるようになっている。あまりにも幅が狭く、ひとりずつしか通れないため、無理に何人も通ろうとすれば転がり落ちてしまうだろう。夜盗などが密かに奇襲をかけるには不向きの階段である。

そのため、城の表側と違い、見張りの騎士がいない。つまり、ここを通れば誰にも気づかれずに城を出ることが可能だ。

外に出ると、かすかな風が湿った肌に当たり心地よかった。ざぁっと潮騒《しおさい》のような音を立て、プラタナスの木の葉を揺らす。

だが、今は木々の香りを含んだ風の爽《さわ》やかさを堪能《たんのう》している余裕などない。

できるだけ早く、城から離れよう。とりあえずは徒歩で近くの村まで行き、宿を取って休んだ後、乗合馬車に乗ってメレル村へと帰れば良い。

セシルは、もう一度城へ向き直り、深々と頭を下げた。

「黙って出て行くことを、許して下さい……」

メレル村に戻ったら、まず真っ先にヴィクトラムへ、今回の不義理に対する謝罪の手紙を書こう。怒られるかもしれないが、やはり母が心配だから村へ戻ることにしたとでも言えば、彼も深くは追及してこないだろう。

もとよりヴィクトラムは、ヒルダとの結婚が近いと囁《ささや》かれていた身。セシルがそばにいなくとも、そのうち夜の世話で困ることはなくなるはずだ。まだ胸は苦しいけれど、離れて生活をしているうちに、時が全てを風化させてくれるに違いない。

思いを押し潰すように、胸を掌《てのひら》で押さえて深呼吸を繰り返すと、鞄を抱え直して城下へ繋《つな》がる階段に足を踏み入れた。

暗い足下をランタンで慎重に照らしつつ、後ろ髪を引かれる思いで足を前に動かし続けた。

「……」

セシル、と自分を呼ぶ声が聞こえた気がして、そっと立ち止まる。

耳を澄ましても、聞こえるのは風の音ばかりだ。

恋しい人の声をこんな時に思い出すなんて。

頭を軽く振り、幻聴を追い払うように足を一歩、二歩踏み出す。しかし、自分を呼ぶ声が再び聞こえ、階段の中腹で足が止まってしまう。

「……ヴィクトラム様」

俯《うつむ》いて、ぽつんと呟《つぶや》きを落とす。

離れようと決めた今、無性に彼が恋しい。会いたい——話したい。

勢いのまま出て行くことを決めたけれど、果たしてこれで良かったのだろうか？ 自分に問い掛けるまでもなく、その答えは初めから分かりきっていた。

世話になっておいて黙って出てきたと言えば、きっと母に叱られてしまう。お前をそんな恩知らずな子に育てた覚えはない、と。

いや。母に叱られる以前の問題だ。このままだと、自分で自分を嫌いになってしまう。

ヴィクトラムの邪魔になってはいけない、ヒルダと彼が幸せになる姿を見たくない一心で、逃げるように飛び出してしまった。けれど、ふと冷静になってみると、自分の行動が愚かにしか思えなくなる。

今ならまだ間に合う。戻って、きちんと事情を説明して、自分の気持ちを伝えて……。出て行くのはそれからでも遅くない。

そう考え直し、セシルは踵《きびす》を返して城へ戻ろうとした。その時、ふいに大きな人影が現れた。自分以外にも、こんな時間に階段を使う者がいたなんて。

灯りで照らしてみると、そこにいたのは岩のような大男だった。

確か、この城で雇われている下男だ。直接話したことはないけれど、何度か城内で見かけたことがある。こんな夜中に出歩いているのは、もしかしたら見回りをしているのだろうか。

この城では、使用人が許可なく夜間に外出することは禁じられている。見つかれば、懲罰房《ちょうばつぼう》へと送られるという噂を聞いたこともあった。それを聞いて、セシルは牢に鎖で繋《つな》がれ、罰として鞭《むち》打ちなどをされる光景を想像したものだ。

背筋をひやりと伝う汗を感じつつ、なんとかごまかせないかとぎこちない愛想笑いを浮かべた。

「こ、こんばんは」

男の返事はなかったが、必死になるあまりしゃべり続ける。

「ちょっと夜風に当たろうと思って出てきたんです。部屋が少し暑くて」

「……」

「あなたも涼みにきたんですか？」

相変わらず男の返事はない。わざと無視しているのだろうか。

「あの……」

再び声を上げたその時。男がいきなり大股で足を踏み出し、距離を縮めてきた。

驚く間もなく、男はセシルの目の前にぬっと壁のように立ちはだかり、丸太のように太い腕を伸ばしてくる。反射的に身を引いたが、一瞬遅かった。

気づけばセシルの足は宙に浮いており、悲鳴を上げる間もなく、男の肩の上に小麦袋のように担《かつ》がれてしまっていた。

「ちょっと、何を……っ！」

暴れて肩を叩いたが、男はびくともしない。それどころか逆に手足を押さえ込まれ、セシルはすっかり身動きが取れなくなってしまった。

「離して、離しなさい!!」

セシルは精一杯、怒鳴り声を上げた。しかし男は怯《ひる》むどころか、鞄を持ったセシルを抱えたまま、ずんずんと階段を下り始めるではないか。

「誰か、助けて!!」

城へ向かって叫び声を上げるも、とうに寝静まっている人々の耳に、風にかき消されたセシルのかすかな叫びが聞こえることはない。

「……大人しくしろ。でないと、ここから突き落とすぞ」

そこで初めて、男が口を開いた。恐ろしく低く、凄《すご》みのある声だった。突き落とす、という言葉にセシルは眼下を見下ろす。階段の先は暗く、あと何段あるかも分からない。セシルはすっかり竦《すく》み上がってしまい、もう声も出せなかった。

この男は、いったいどういうつもりで自分にこのようなことをしているのか。これから自分はどうなってしまうのか。

死、という最悪の末路が頭によぎったとたん、手足が一気に冷たくなる。逃げなければ。そう思うけれど、体は震えて言うことを聞かない。何より階段の上で抱えられている状態で下手に暴れれば、ふたりとも転げ落ちてしまうだろう。

ただじっと恐怖に耐える時間が続き、やがて階段を下り終えた男は、セシルを乱暴に放り投げた。ドサリ、と鈍い音を立てて、セシルは背中から地面に落ちる。

「痛っ！」

内臓にまで痛みが広がり、息が詰まるが、動けないほどではない。セシルが痛む体に鞭《むち》打って立ち上がろうとした時、突然手の甲を何者かに踏まれて激痛が走った。踵《かかと》の高い、豪奢《ごうしゃ》な女性ものの靴だ。

「つっ！　何するのよ!!」

顔を上げた瞬間飛び込んできたのは、ヒルダの姿だった。冷淡な瞳で見下ろす美しい顔に、セシルは目を剥《む》く。

「ヒルダ様!?」

「気安く呼ばないで下さるかしら」

靴にかける力を強め、ヒルダが小馬鹿にしたように口の端をつり上げる。彼女はいつもの華やかなドレスではなく、闇色のドレスを身につけていた。遠くから見れば、白い顔だけがぽっかりと闇の中に浮かんでいるように見えるだろう。

それが、底知れぬ不安をかき立てる。

「どうしてあなたがここに……っ」

セシルの問いに、ヒルダは呆れたように嘆息した。

「察しの悪い愚か者は嫌いよ。この状況を見てお分かりにならない?」

ヒルダがセシルの手の上から足を退《ど》かし、男に向かって頷いてみせる。すると男は恭《うやうや》しく頭を下げ、そのままセシルを引きずり起こして無理やり立たせた。

逃げようとしたが、後ろ手に手を拘束されて一歩も動けない。ねじり上げられた腕の痛みに顔をしかめつつ、セシルは睨《にら》むようにヒルダを見た。

「どういうつもりですか、ヒルダ様!」

「この男に金を渡し、お前のことを監視させていたのよ。わたくしの言った通り、きちんと城を出て行くかどうか見届けるために。お前が荷物をまとめたと聞いて、今日出て行くだろうと当たりをつけていたけれど、どうやら正解だったようね」

監視されていたなんて、少しも気づかなかった。それに、荷物をまとめていたことまで知っているだなんて。部屋に入って確かめなければ、そんなことが分かるはずない。

自分の知らない間に家探しのようなことをされていた事実に、嫌悪が湧いてくる。

「もしお前が心変わりしたら困ると思って、出て行く手伝いをしに来て差し上げたの。感謝してほしいくらいだわ」

「離して……っ！　わたしは城に戻ります！」

恐怖を上回る怒りと共に弾けた言葉に、ヒルダは大げさに目を見開いた。

「まあ！　下賤《げせん》の者というのはこれだから嫌なのよ。お前がいるとヴィクトラム様の足かせになるのだと説明してあげたのに、どうして分からないの？」

足かせという言葉に一瞬怯《ひる》んだセシルだったが、ここで黙れば負けてしまうことになる。奥歯を噛みしめ、精一杯の虚勢を張ってヒルダを睨《にら》んだ。

「それはヒルダ様の決めることではないでしょう。それにヴィクトラム様は、わたしの料理を気に入って下さってるんです！」

「それが何か関係あって？　料理人が、主人の気に入る料理を作るのは当然のことでしょう」

「か、彼の胃袋は、わたしのものなんです……！」

そんなセシルの言葉に、ヒルダが肩を竦《すく》め呆れたような顔をした。だからどうしたのだとでも言いたげな表情である。

「お前がそんなつもりだったのなら、やはり様子見に来ておいて良かったわ。邪魔者はわたくし自ら排除して差し上げます。そうね、どこか遠くの土地の娼館にでも売り飛ばすというのはどうかしら」

「ふざけないで！　あなた、最低だわ」

セシルは咄嗟《とっさ》に身分の差も忘れ、声を張り上げていた。可憐な外見からは信じられないほどの下衆《げす》な言葉に、更なる怒りがこみ上げる。

平民からそんなことを言われ、よほど屈辱だったのだろう。次の瞬間、平手が飛んできてセシルの顔を強《したた》かに打つ。

甲高い音と共に、頬に火傷《やけど》したかのような熱と痛みが走る。情け容赦のない力だった。

一度では気が収まらなかったのか、ヒルダはその後も、二度、三度とセシルの頬を張り飛ばす。庇《かば》うために顔を覆った手の隙間から、鬼の形相のヒルダが目に映った。

眦《まなじり》を決した瞳の奥に、底知れぬ怒りが漲《みなぎ》っているのが分かった。

やがてセシルの唇の端から赤い血が一筋流れたのを見て、ようやく溜飲を下げたらしい。ヒルダは、まるで汚いものにでも触れたかのようにハンカチで掌《てのひら》を拭《ぬぐ》い、地面に投げ捨てた。そして土に塗《まみ》れたそれを、靴の踵《かかと》で踏みにじる。

「お前、誰に口をきいていると思っているの」

じんじんと痛む頬を押さえつつ睨《にら》み返すと、ヒルダはますます眉をつり上げた。美しい顔が、嫉妬や怒りや屈辱でひどく歪んで見える。

「……仕方ないわね。売り飛ばすだけにしてあげようと思っていたけれど、気が変わったわ。わたくしに無礼な態度を取るような愚か者には、制裁を加えないと」

先ほどとは一転、軽《かろ》やかな笑い声を上げたヒルダは、未だセシルが逃げ出さないようそばについている男へ目配せした。ぞっとするほど酷薄なヒルダの笑みを受け、男の目がセシルを捉《とら》える。暗くよどんだ瞳の奥に、言いしれぬ不穏な気配が宿っていた。

何をするつもりなの!?

身に迫る危機を察し後ずさりしたセシルだったが、瞬《またた》く間に二の腕を掴まれてしまう。

「痛っ！　離して！」

だが男がセシルの言葉を聞くはずもなく、そのまま土の上に引き倒されてしまう。

すぐさま起き上がろうとしたセシルだったが、間髪容《かんはつい》れず上からのし掛かられ叶わない。抵抗しようと両手で男の胸板をつっぱねても、女の力で大男を押しのけられるはずもなかった。

衣服の胸元を掴まれ、乱暴に引っ張られる。背中が地面から浮いた瞬間、ビリビリと派手な音を立てて、ワンピースの肩口から腹にかけて大きく裂けた。

「きゃあぁっ!!」

「もう二度と城に戻ろうなんて気が起きないくらいに、徹底的にいたぶって傷物にしてやりなさい」

「ヒルダ様!?」

傷物、という言葉の意味が分からないほど、セシルも世間知らずではない。今から行われるであろう行為を想像して、全身から血の気が引いた。

「誰かっ、助けて――!!」

無駄だと分かっていても、大声で助けを呼ぶ。

男が荒い息を繰り返しながら露《あら》わになった胸元をまさぐり、それをヒルダが笑って見ている状況に、頭がおかしくなりそうだ。

多足虫《たそくむし》に体を這《は》いずり回られたほうがまだマシだと思えるほどの不快感だった。

だが、こんなところで、好きでもない男に犯されるなんて絶対にごめんだ。

わたしが体を許す相手は、ヴィクトラム様だけ――

大地をかきむしったセシルの指が、じゃりじゃりとした小石の感触を捉《とら》える。地面を撫で、ぐっと指に力を込めてできるだけ多くの土塊《つちくれ》を掴んだ。

そして、男の顔が胸元に近づいてきた瞬間を見計らって、手の中のものを投げつける。

ぱっと広がった土は、セシルの狙い通り見事に男の目に当たった。

「ぎゃっ!」

男が短い悲鳴を上げて仰《の》け反り、セシルの体の上から重みがなくなる。すぐさま男の下から這《は》いずるように抜け出したセシルは、飛び起きると同時に、階段のほうへと駆け出す。

足がもつれて転びそうになったが、足の裏に力を込めてなんとか耐えた。男はまだ、目に入った土と格闘し、苦悶《くもん》のうめき声を漏らしている。

足の速さに自信はある。階段を一気に駆け上って、助けを呼びに行けば。

だがセシルが駆け始めたのとヒルダが我に返るのとは、ほぼ同時だった。階段の一段目に足をかけた瞬間、背後から髪を掴まれる。ぶちぶち、といくつか髪の抜ける音と共に、頭皮に痛みが走る。

体勢を崩したセシルは、そのまま無様に尻餅をついてしまった。

「どこに行くつもり!?」

「逃げるのならこの場で殺してあげるわ!!」

どこからか取り出したナイフを、ヒルダが頭上に構える。先ほど男にしたように土を投げて目潰しする余裕もなかった。

せめて急所への衝撃を和《やわ》らげようと、腕で自らの顔と胸を庇《かば》う。

ちょうどその時だった。ひゅっと空気を切る音と共に、闇の中を一筋の光が切り裂いたのは。

銀色の煌《きら》めきが、ナイフを持つヒルダの手を掠《かす》めていく。甲高い悲鳴と共に血がぱっと飛び散り、ナイフが弾け飛んで遠くの石に当たる音がした。

降り注ぐ月明かりの下、雨のようにぽたぽたと落ちる血の色は濃く、闇に染まって見える。それはまるで、ヒルダの心の内を示していると思うほどどす黒い色だ。

けれどヒルダは、いつまでも痛みに尻込みしてはいなかった。生来の気の強さが、痛みよりもまず先に、自らを攻撃したものに対する強い怒りを覚えさせたのだろう。

「不届き者！　このわたくしにこんな無礼な――」

すぐさまナイフの飛んできた方向に怒声を張り上げたヒルダだったが、言葉は切れた糸のようにぶつりと途絶えてしまった。

無理もないだろう。彼女の視線の先には、草を踏み分け怒りをたたえた表情でやってくるヴィクトラムがいたのだから。

見るもの全てを氷柱の剣で刺し貫《つらぬ》くかのごとき、冷たくも激しい怒りだ。

これまでも何度かヴィクトラムが怒りを露《あら》わにしたことはあったけれど、これほどではなかった。

「ヒルダ殿、これはどういうことか」

腰の剣に触れながら、ヴィクトラムがゆっくりとヒルダへ向かって歩を進める。まるで、斬ろうと思えば今すぐにでもそうできるとでも言うように。

月光を浴びて鈍い光を返す剣の鞘は、それだけで充分ヒルダに恐怖を与えたようだ。

彼女は両手で開いたままの口元を覆い、唇を戦慄《わなな》かせている。隙間から見える顔は、すっかり色を失っていた。

「あ、あ……ヴィクトラム様……」

どうしてここに……と、かさついた呟《つぶや》きが零れた。その疑問はセシルも同じだ。

彼の部屋の灯りは、完全に消えていた。城は遠く、騒ぎを聞きつけられるはずもない。

けれど現実に、今彼はここにいて、セシルを助けてくれている。

「セシル、こちらに来なさい」

硬い声での命令に、セシルはすぐさま従って彼の背後へ回り込む。

ヴィクトラムは、引き裂かれたセシルの服を見て痛ましげに眉を寄せると、上着を着せかけてその体を隠す。肌を掠《かす》めた乾いた指先の感触に、セシルはこれ以上ないほどの安堵を覚えた。

……ああ、ヴィクトラム様の手だ。

「何かされたか」

率直な物言いだったが、不快ではなかった。心底心配していることが分かったからだろう。

胸が詰まって何も言えなくなったセシルは、首を横に振って答える。それを見て、ヴィクトラムが安心したように眉間から力を抜く。

「待っていなさい、すぐに終わる」

何が、と聞き返すよりも早く、彼はセシルに背を向けた。

先ほどまであれほど強気だったヒルダも、ヴィクトラムの厳しい視線を受け、今は棒きれのように大人しく突っ立っていた。もちろんその心中は、激しく動揺していただろうが。

「もう一度聞こう。ヒルダ殿、これはいったいどういうことか。彼女に何をした？」

「わた、わたくしは何も知りません、そこの男が勝手に……」

後ずさりながら、ヒルダはまだ目を押さえてうずくまる男を指さした。

「そう、この男が勝手にしたことですわ！　わたくしも、彼に脅《おど》されて……仕方なかったのです！　ナイフでそこの彼女を殺すように言われて……！」

彼女は目に涙を溜めて、ヴィクトラムに主張する。

悄然《しょうぜん》とした風情で身の潔白を訴えるヒルダの姿は、美しい。

けれど、その胸中に渦《うず》巻く濁《にご》った瘴気《しょうき》を、ヴィクトラムが見逃すことはなかった。

「陳腐な言い訳だな。そんな、すぐに分かるような偽りを……」

「ヴィクトラム様っ！　わたくしを信じて下さいませんの!?　これまで長くお付き合いしてきた仲ではありませんの!!　あなただって、わたくしに好意を……そうよ、このわたくしに好意を抱かない殿方なんていませんわ！」

「あなたは……いや、お前は何か勘違いをしているようだ。お前は私の婚約者だと周囲に吹聴《ふいちょう》していたようだが、私は、単なる仕事相手として接していただけだ」

「でも！　わたくしはクロディーヌ公爵令嬢ですのよ！」

焦ったヒルダの金切り声に、ヴィクトラムは眉を寄せ、不快そうに溜息を吐く。

それを見ても、まだヒルダは自分の苦境を本当の意味では分かっていないようだった。

あるいは、分かっているからこそ悪あがきをしたのか。

よろめくようにしてヴィクトラムに近づき、ほっそりとした手を伸ばす。

「誰だってわたくしの家の爵位が欲しいに決まっていますわ。わたくしと結婚すれば、白鳥騎士団に入れるんですのよ！　ねえ、ヴィクトラム様、素直になって……」

ぱしん、と音を立てて、ヴィクトラムがその手を払い落とす。必死の訴えは、彼の怒りをなだめるどころかむしろ、火に油を注ぐ結果としかならなかったようだ。

何が起こったのか分からない様子で愕然《がくぜん》とするヒルダに、ヴィクトラムは冷たく言い放つ。

「では、素直な気持ちを言ってやろうか。私はセシルを愛している――お前や、白鳥騎士団などに興味はない」

セシルとヒルダの目が、同時に見開かれる。同じ驚きでも、その理由はずいぶんと違っていた。

愛しているって、誰が誰を？

単純な言葉の意味が、頭に入ってこない。

「そんなっ!!」

悲鳴のような声を上げながら、ヒルダが頭《かぶり》を振った。白鳥騎士団と爵位を餌《えさ》にすることは、彼女の最後の砦《とりで》だったのだろう。

白金色《はっきん》の髪が、バサバサと音を立てて乱れる。髪に反射する月光が、この状況に似つかわしくないほど美しいのが皮肉だった。

「嘘よ！　そんな下賤《げせん》な女にわたくしが負けるはずないもの!!　ねえ、ヴィクトラム様、あなたその娘にだまされていらっしゃるんですわ。目を覚まして!!」

「私をだましていたのはお前のほうだろう」

え、とヒルダの青ざめた唇が震える。

「お前はここ二年、ずっと盗賊の被害に遭っていると我々を頼ってきた。だが、実際に被害に遭っていたのは最初の半年だけ。残りの一年半は、自らならず者たちを雇い、さも領地が盗賊に荒らされたかのように装《よそお》っていたな」

「い、言いがかりですわ。わたくしはそんなこと……！」

反駁《はんばく》したヒルダだったが、その声にいつもの自信は微塵《みじん》もない。

その表情に、セシルは思い出していた。

数日前、ヴィクトラムの部屋に朝食を運んだ際、落としてしまった書類。あれはもしかして、ヒルダの悪事を調査したものだったのではないか。

だから彼は、それをセシルに見つかりそうになり、慌てていたのかもしれない。

　その予想を肯定するように、ヴィクトラムが言葉を続ける。

「これまでの調査で、いくつか証拠が挙がっている。決定的な証拠が見つかるまではと泳がせていたが、お前が屋敷を抜け出し城に向かったと監視から報告を受けて来てみれば……まさかこのようなことをするとはな……。詳しいことは、黒虎騎士団で詮議《せんぎ》させてもらおう。病床のクロディーヌ公爵が、さぞかしお嘆きになることだろう。――サーク」

「はっ」

　どこに潜《ひそ》んでいたのか、それまでまったく存在を感じさせなかったサークが闇の中からゆらりと現れた。いや、サークだけではない。ほかにも、二、三名の騎士団の制服を着た若者が潜《ひそ》んでいる。

　呆然とした面持《おもも》ちで佇《たたず》むヒルダは、もはや抵抗すらできないようだった。へなりと頽《くずお》れそうになったところを、サークに無理やり引っ張られていく。――行き先は、黒虎騎士団の所有する独居房だろうか。

「そいつも捕らえておけ」

　うめき声を上げる男の捕縛を騎士たちに命じ、ヴィクトラムはヒルダたちの後ろ姿に厳しい表情を向ける。

　今は固く引き結ばれた彼の唇が、先ほどあんな言葉を紡《つむ》いだのが未だに信じられない。

聞き間違いではないだろうか――愛しているだなんて。

先ほどのことが、まだうまく頭の中に入ってこなかった。

「あの、ヴィクトラム様……」

恐る恐る声をかけると、彼は厳しかった目元を若干和《やわ》らげてセシルに向き直る。そして指先で腫《は》れた頬をなぞった。しくり、と傷口が染みて、思わず身を引きそうになる。

「……痛むか」

「少しだけ、あの、でもたいしたことは……」

「城に戻って手当をしよう。汚れもひどいし、話はそれからだ。良いな」

その口調には、セシルを労《いたわ》ると共に、勝手に城を出て行ったことを咎《とが》める色が滲《にじ》んでいる。セシルは黙って頷くことしかできなかった。

城に戻ると、廊下はまだ暗いままだった。セシルが去ったことに気づいた者はいないのだろうか。足音を立てないよう、宵闇に黒く染まった床板を踏みしめる。

セシルがついてきているか確かめるように、時折ヴィクトラムが視線を後ろへ投げかけた。だが、その行為が段々もどかしくなったのだろう、セシルの手を力強く握り、無言で引く。

「あの、ヴィクトラム様、わたし汚れて……」

「構わない」

手を引っ込めようとしたのに短く制されて、セシルは仕方なく泥塗《まみ》れの手で彼の掌《てのひら》を握り返した。

二階に上がると、ヴィクトラムの部屋には灯りが点されており、扉の隙間から細く光が零れている。月の明るさに慣れた目が一瞬痛むほどに室内が目映《まばゆ》い。

部屋に入れば、椅子にかけているよう指示され、ヴィクトラムが一旦部屋を出て行く。置いて行かれたのかと不安に思ったが、どうやらメイドたちに湯の準備をするよう言いつけてきただけらしい。程なくして、なみなみと湯を汲んだ桶《おけ》を持ったメイドたちが、入れ替わり立ち替わりやってくる。わざわざこのために起こしたのだとしたら申し訳ない。だが、彼女たちは不満そうな様子を見せることなく、黙々と浴室の準備を整え始めた。

その間に、ヴィクトラムはセシルと向かい合わせに腰かけ、ことの経緯をひとつひとつ質問していった。セシルはつっかえながらも、ヒルダに言われ城を出て行く決意をしたことを伝える。

全てを説明し終えた時、ようやく浴室の準備が整ったらしい。メイドたちが退室の言葉を口にして次々と部屋を出て行った。

ふたりきりの室内でヴィクトラムは胸の前で腕を組み、心底不機嫌そうな声を吐き出した。

「では君は、黙って私から離れようとしたのか」

「あ、あの、でも！　それではさすがに申し訳ないからと、戻ろうとして……」

セシルが慌てて付け加えても、ヴィクトラムの眉間の皺《しわ》は取れなかった。むしろますます濃く、渓谷のような溝を形作っている。

「それでも出て行こうとしたことに変わりはない。まったく……監視の者からヒルダが怪しい行動を取っていると報告がなければ、君は危ないところだったんだぞ」

ぴしゃりと言い切られ、返す言葉もなかった。

ここまで怒らせたのだから、きっと解雇されるに違いない。せっかく戻って謝罪しようと思ったのに、結局は自分自身の軽率な行動がこんな結果を招いてしまった。

セシルは小さく俯《うつむ》き、唇を噛んだ。あまりの情けなさに、目に涙が滲《にじ》む。

「そんなにここで働くのが嫌だったのか」

「嫌だなんて、そんなはずありません……」

「では、なぜ」

「……」

「セシル」

促《うなが》すような強い声に、とうとうセシルは自分の気持ちを我慢できなくなった。元々、言いたいことははっきり言う性格をしているのだ。

「ヒルダ様とあなたが幸せになるところを、そばで見ていたくなかったからです……！　わたしはただの料理人で、ヴィクトラム様にとって邪魔で、ここにいる意味なんてなくて……っ」

胸に波のように押し寄せた激しい感情と共に、涙が溢れ出してしまった。

事情を説明したのにどうして察してくれないのか、とヴィクトラムを責める気持ちもある。自分で自分を邪魔者だと断じてしまうのは、ひどく惨《みじ》めで悲しいことだというのに。

そうして、顔を手で覆って泣きじゃくり始めたセシルの様子に、初めてヴィクトラムがうろたえた様子を見せた。予想外の反応だったらしい。

セシルの二の腕を掴んで引き寄せ、頭を抱き込むようにしてなだめる。

「邪魔だと思ったことなんて一度もない。セシル、私が君を邪険に扱ったことがあるか」

「ないです……けど、ヴィクトラム様は、ヒルダ様の代わりにわたしを……」

「ヒルダの代わりに君を？　何だ」

「ヒルダ様に手を出せないから、わたしを夜のお世話係にしたんでしょう？」

「…………なんだ、その的外れな考えは」

疲れたような声が降ってきて、顔を上げた。

すると声よりもっと疲れた顔をして、ヴィクトラムがセシルを見下ろしている。その瞳の中に呆れた色を見つけ、反射的に謝った。自分の何かが彼を呆れさせたのは間違いない。

「だ、だって、ヒルダ様を抱けるわけがないなんて仰《おっしゃ》って……」

「ああ、好きでもない女を抱けるはずがないな」

え、と掠《かす》れた声が零れた。

あの発言は、ヒルダが公爵令嬢だから抱けない、という意味ではなかったのか。

自分の勘違いにようやく気づき、セシルは恥ずかしくなった。

「も、申し訳……」

「いや、謝らなくて良い。君にそう思わせた私にも責任があるのだろう」

ヴィクトラムはセシルを更に引き寄せ、自らの膝の上に座らせる。ぴたりと密着した体勢が恥ずかしくて離れようとしたが、腰に回る彼の腕がそれを許してくれなかった。

最後のあがきで腰を浮かせようとすると、ヴィクトラムは苦笑しつつ腕に力を込めてきた。

「先ほど言っただろう、セシル。私はヒルダに興味はない……今回のことは、それを伝えなかった私のせいで起こったとも言えるのだろうな」

「い、いえ！　勝手に出て行こうとしたのはわたしが馬鹿だったからで……。で、でもヴィクトラム様は、ヒルダ様とのご結婚が近いって皆が――」

「勝手に言っていただけだろう。私は、好きな相手以外と結婚できるような器用な性格はしていない」

血と土で汚れたセシルの頬に、ヴィクトラムが躊躇《ためら》うことなく口づけを落とす。柔らかい感触と共に、ようやく先ほど彼が口にしていた言葉が頭の中に染みてきた。

――私はセシルを愛している。

「いつから……」

「ん？」

「いったいいつから、わたしのことをその……あ、愛してるだなんて」

「私がヴィーだった時からずっとだ」

ヴィーだった時からずっと？　と、セシルは同じ言葉を繰り返した。つまり、再会した時も、夜の世話を言いつけた時も？

だって、ヴィクトラムは少しもそんなそぶりを見せなかったではないか。むしろ、嫌われているのかと思うほど素っ気なかったのに。

でもそういえば、近頃は優しかった気がする。まるで、昔に戻ったかのような笑顔を見せることもあった。

丸い目を更に大きく見開くセシルに、ヴィクトラムは苦笑を浮かべる。

「そのことについては、悪かったと思っているが……。ヴィーだった時は、身元の知れない私なんかが君に好きだなどと言うのは、おこがましいと思って遠慮していたのだ」

「そ、そんな……」

そんなこと、気にしないのに。

ヴィーがどこの誰であろうと、自分のことを好きだと言ってくれたなら、セシルはそれを受け入れていただろう。

そんなセシルに、ヴィクトラムはなおも話を続ける。

「ヴィクトラムに戻ってからは、別の意味で遠慮していた。……君が、私のことを怖がっているのかと思ってな」

「わたしが？」

「黒虎騎士団の冷徹騎士団長の噂に怯えて、よそよそしい態度を取っていただろう？」

あ、とセシルの口から呆けたような声が零れた。

　そういえば初めて彼の本当の身分が分かった時、そんな態度を取った覚えがある。だがそれは、怖かったからではない。今まで通り馴《な》れ馴《な》れしくしてはいけないと思ったからだ。

「そ、それじゃヴィーは……いえ、ヴィクトラム様は、わたしがあなたのことを怖がると思っていたから、素っ気なかったんですか？」

「君を怖がらせたくはなかったからな。少しずつ距離を詰めていこうと思っていたら、この様《ざま》だ」

「じゃあ、夜のお世話は……」

「そんなものは、理由をつけて君を抱きたかったからに決まっている」

はっきりと言われ、とうとうセシルの肩からがっくりと力が抜け落ちた。ゆっくり距離を詰めていくといっても、彼の好意はあまりにも分かりにくい。

　それならそうと言ってくれれば良いのにと口にしたものの、彼がそんな回りくどい方法を取ったのには自分にも責任があるので、強くは言えなかった。

「無理やり夜の世話係にしたことは、悪いと思っている……だが、私はどうしても君が欲しかった。セシル、君はどうだ？」

「え……」

「私のことを、前のように好いてはくれないか？　告白に、応えてはもらえないか？」

懇願するような目で、ヴィクトラムがセシルを見下ろす。まるでここで断られたら、絶望して立ち直れないとでもいうような表情だった。

「そ、そんな顔ずるいです……」

嫌だなんて言えなくなるではないか。

でも、そもそも嫌だなんて微塵《みじん》も思ってはいない。セシルは、ヴィクトラムが自分を愛してくれていると知って嬉しかった。彼の心が自分のものなのだと知って、胸の内が歓喜にざわめいたのだ。

「ずるくてもなんでも良い、君が頷いてくれるのなら……以前と変わらず私を好きだと言ってくれるのなら」

「ヴィクトラム様……」

「頼む、セシル。愛していると言ってくれ。でないと――」

「でないと？」

「これから数日間、君を私の部屋に監禁して、嫌というほど甘やかして私なしではいられない体にしてやる」

ヴィクトラムらしくもない強引な台詞《せりふ》に、セシルは思わず盛大に噴き出してしまった。

そしてひとしきり笑った後、ヴィクトラムを見上げると、彼の首の後ろに手を回し、自ら頬に口づけする。

「セシ――……」

「好きです、ヴィクトラム様。だから今、甘やかして下さい……」

浴室には霧のように温かな湯気が立ちこめ、外に繋《つな》がる小さな窓からは、涼しい風が入り込んできている。

浴槽には白い薔薇《ばら》の花びらが浮かび、香油でも入れているのか果物のような甘い香りが漂《ただよ》っていた。タイルも壁も隅々まで磨かれて綺麗に光っており、清潔な印象だ。

セシルは今、体を洗うための小さな丸椅子に腰かけ、真正面からヴィクトラムの口づけを受け止めていた。

「ん、ん……っ」

浴室の床に跪《ひざまず》いたヴィクトラムが、セシルの肩に手をかけたまま、何度も軽い口づけを施《ほどこ》す。まるで、自分の味を覚え込ませるかのように。

「っ……」

しくり、と唇の端が痛み、セシルは思わず顔をしかめてしまった。それに気づき、ヴィクトラムが指の腹で傷跡に触れてくる。

「風呂から上がったら、手当をしないとな。まったく、こんな可愛らしい顔に、ひどいことを……」

唇の端をなぞっていた指先はそのまま頬へと移動し、赤く腫れたその場所を優しく撫でた。ヒルダの手形は、今もくっきりと残っている。

ヴィクトラムが首筋に顔を埋《うず》めてきた。セシルの匂いを堪能《たんのう》するかのように、すん、と匂いを嗅《か》がれ、体の芯がじんと痺《しび》れる。

「ん、ふぁ、あ……ヴィ、ヴィクトラム様、待って……」

制止しようと伸ばした手はあっさりと捕まえられ、手の甲にも熱い口づけを落とされる。

「甘やかしてほしいと言ったのは君だろう」

「い、言いましたけど、でも……っ」

何も、一緒に入浴したいだなんて言ったつもりはない。泥に塗《まみ》れた体を洗ってほしいなんて、一言も。彼にとっての「甘やかす」というのがこういう意味だと知っていれば、決してあんな願いは口にしなかったのに。

あの後、ヴィクトラムはセシルを浴室へと連れて行き、自分が体を洗ってやると言って聞かなかった。そして半ば無理やり服を脱がされ、浴室に連れ込まれた。せめてもの救いは、彼が裸体に布を巻き付けるのを許してくれたことだろうか。

「お、お風呂に入った後でも良いじゃないですか。こんな、汚れた体で……」

セシルは湯気と羞恥《しゅうち》で真っ赤になった顔をヴィクトラムへと向けた。彼は今、鍛え抜かれた上半身をセシルの目の前に惜しげもなくさらし、腰にタオルを巻いている。

夜の暗い褥《しとね》だったらまだ良いものの、燭台《しょくだい》の蝋燭《ろうそく》には火が灯され、煌々《こうこう》と照っている。隆起した腹筋や幅広い胸板。彫像のように見事な肉体美から目を逸らすように、セシルは顔を横に向けた。

「汚れているから綺麗にしてやるんだろう」

「自分でできますっ、ヴィクトラム様はご自分の――」

「あいにくと私はもう湯浴みは済ませたからな」

「そんな……っ、あ！　やぁ……ん」

だったら、別に一緒に風呂に入る必要なんてどこにもなかったではないか。

そう思ったけれど、抵抗の言葉ごと封じ込めるように、また口づけを落とされた。そうしている間にもヴィクトラムの片手は器用に備え付けの木桶《おけ》を掴み、浴槽から湯を汲んでいた。

そちらに目を向けるよりも早く、頭上から湯がバシャリと降ってくる。セシルの手足を汚していた泥が流れ、足下に汚れた水たまりを作った。それが二度、三度と繰り返される。

互いにずぶ濡れになりながらも、ヴィクトラムの口づけは止まない。

「あ、ん……ん……」

ぬるり、と入り込んできた舌を拒絶することもできず、セシルは喉の奥で喘ぎながら受け入れる。

――他人の体の一部を自分の中に受け入れるというのは、相手に支配されているのか、それとも自分が支配しているのかよく分からない。ただひとつだけ分かっていることは、今だけはセシルがヴィクトラムを独り占めできるということだ。

「ん、んっ……ンぅ……」

「そういえば、唾液には治癒効果があるそうだ。こうして何度も口づけしていれば、傷薬がなくとも治るかもな」

嬉しそうに告げるヴィクトラムの姿に、セシルは呆れと羞恥《しゅうち》の入り交じった顔をするしかない。

非難の視線を送ったセシルだったがヴィクトラムはそれを無視し、石鹸《せっけん》を手に取り泡立て始めた。濃い茶色の石鹸《せっけん》だったが、泡は真っ白だ。紅茶のような良い香りがする。

ふわふわと泡だったところで、ヴィクトラムはそれをセシルの腕に滑らせた。

「あっ……」

「どこか痛むか？　ああ、掌《てのひら》が少し赤いな」

「こ、転んだ時に擦りむいて……」

そう答えながらも、本当は痛みなどどうでも良かった。肌を滑るヴィクトラムの手の感触が気になって仕方がない。

石鹸《せっけん》に助けられた掌《てのひら》の動きは滑らかで、鋭敏に彼の手指の動きを伝えてくるのだ。

「あ、あの、ヴィクトラム様……」

「汚れを落とそう」

泥だらけになったセシルと向かい合い、跪《ひざまず》いたままヴィクトラムが再び石鹸《せっけん》の泡を立て始める。

ふわふわの泡を手に取ると、彼はそのまま丁寧にセシルの腕を擦り始めた。

最初の頃は何ともなかったが、掌《てのひら》から手首、肘、二の腕と移動していくにつれ、じわじわと指先が痺《しび》れていく。

腕の泡を落としながら、泥だらけの掌《てのひら》をぬるま湯で丁寧に洗い流された。指の間を太い指先で優しく擦られ、セシルはびくりと身を竦《すく》ませる。

「ん……っ」

「痛いか？」

「だ、大丈夫です」

中途半端な刺激に、体内では熱が燻《くすぶ》り始め、この先を願ってしまう。

ヴィクトラム様はただ洗ってくれているだけなのに、こんな風になるなんて……

自分がいやらしい気持ちになっていることを知られたくなくて、セシルは必死で声を堪《こら》えた。

両腕を洗い終えたヴィクトラムは、次にセシルの体を隠していたタオルを解き、裸体を露《あら》わにしようとする。

「だ、だめ……っ」

「タオルを巻いたまま体を洗えと？」

「そ、それは……」

確かにヴィクトラムの言っていることは分かるのだが、そういう問題ではない。

もう何度も自分の裸を彼に見られてきたとはいえ、情事の熱で訳が分からなくなっている状態と、今の冷静な状態とでは大違いなのだ。

こんな明るい場所で裸体をさらすなんて恥ずかしい。そう訴えたのに、そんなささやかな抵抗も虚《むな》しく、無骨な指先はタオルの端をつまみ、情け容赦なくセシルの体から落とした。

若い娘らしくハリのある柔らかな乳房がまろび出て、かすかに震える。村に住んでいた頃に比べて少し大きくなったのは、ヴィクトラムの貢献が大きいだろう。

けれどヴィクトラムはそれを見て、心底不快そうな表情をした。じっと、睨《にら》むような視線を双丘に注いでいる。

何事かと彼の視線の先を追えば、胸元に爪の痕《あと》がくっきりと残っていた。あの下男が胸に触れた際についたものだ。

「……何もされていないと言わなかったか」

「そ、それは……」

あの場面で言うようなことでもないと思ったからなのだが、少なくともヴィクトラムにとってはそうではなかったらしい。

彼は、自らが慈《いつく》しみ育てたその白い膨らみに、たっぷりと泡を付けた手で触れた。

「下衆《げす》が触れたところなど、私が消毒してやる」

円を描くように、肌の上を彼の掌《てのひら》がゆるゆると滑る。まるで、痛みがないか確かめているような動きだった。

　そしてセシルが痛みを覚えていないことを知った彼は、乳房を下から持ち上げるともう一方の手指で丁寧に擦った。下男の痕跡を消そうとしているようだ。

　そうすれば嫌でも胸の先端を擦られる形となり、セシルは声を我慢することができなくなってしまう。

「あぁっ……、やぁ……ん」

　初めは、下男の爪痕《つめあと》をなぞるように指を動かしていたヴィクトラムだったが、やがてその動きは露骨になり、セシルの胸の先を弄《もてあそ》び始める。

「や……、だめぇ」

「ここも、綺麗にしておかないと」

　汚れているはずなどないのに、ヴィクトラムは指で執拗《しつよう》に突起を擦る。

　親指と人差し指でぐりぐりと押し潰したかと思えば、今度は強く引っ張って離す。そしてつまんだまま、左右に捻った。

「あん……っ！　よ、汚れを落とすだけだって……」

「だけ、とは言っていない」

「そんな……っ、んん……！」

反論を封じこめるように、ヴィクトラムがセシルの唇を塞ぐ。

浴室にこもった熱気のせいで、普段より息がしづらく、苦しい。

獣のごとき荒い呼吸を繰り返し、ヴィクトラムはセシルの唇を貪《むさぼ》る。

セシルもまた、舌を差し出し彼の口づけに応えた。

幾度《いくど》も幾度《いくど》も角度を変え、息継ぎをしながら、ふたりは互いを求め合うように深い口づけを繰り返す。

「ん……っ、ん、ん……あ、は……」

「……君も、満更でもなさそうだが」

「あ……っ」

いつの間にか泡を落とした彼の指が、セシルの秘所をまさぐり始めた。

とろりと溢れた蜜のぬるつきを確かめるように、指がその場所を前後する。言い訳できないほどの淫《みだ》らな水音が立った。

「ん、ん……、んぁ……」

「セシル、声を我慢するな。聞かせてくれ」

熱い眼差しを注がれ、セシルは噛みしめた奥歯の力を抜く。

声を聞かれるのは恥ずかしかったが、せっかく思いが通じ合ったのだ。彼の願いに応えたかった。

見計らったかのように、ヴィクトラムがセシルの蜜壺に指を侵入させる。

蜜の助けを借りて滑らかに中へと差し込まれた指は、焦《じ》らすことなくセシルの好《い》いところを擦り始める。

「あ……っ、あ……」

腹の裏側を擦られ、直接的な刺激に自然と足が開いていく。

体の奥がきゅんと疼《うず》き、セシルは自分の身をかき抱きたい衝動に襲われた。

「あ……っ、ん、ん……っ」

くちゅくちゅと、蜜をかき混ぜる小さな水音が立ち、セシルの羞恥《しゅうち》を煽《あお》る。

それを分かっていて、ヴィクトラムもあえて音を立てているのだろうか。

やがて指が二本に増え、蜜は空気と混じり合ってよりみだりがわしい音を立てる。

もはや当初の「汚れを落とす」という建前はどこかへいってしまい、今のヴィクトラムはただ、セシルの体を堪能《たんのう》することで頭がいっぱいのようだ。

セシルもまた、それを嬉しいと感じていた。

桶《おけ》に汲んだ湯で、まだ残っていた泡を洗い流したヴィクトラムは、セシルの胸に吸い付きながらも秘所を弄《いじ》る手を休めない。

舌先でくるくると転がされ、唇を窄《すぼ》めてきつく吸われると、胸の先端は瞬《また》く間に硬く尖《とが》ってしまう。そうしている間にも二本の指はセシルの好《い》い場所を擦り続け、秘所から絶え間なく蜜を溢れさせていた。

柔らかな唇の感触に、蜂蜜のようにとろりとした陶酔が胸を満たしていく。

溺れそうだ、と思った。

いや、もうすでに溺れているのかもしれない。

快楽という名の海に――そして、ヴィクトラムに。

「あ……っ、あ……！」

二箇所同時に与えられる刺激に、セシルはぎゅっと眉根を寄せて耐える。

だが、そんなものはまだ序の口でしかなかった。

指を引き抜いたヴィクトラムは、蜜口のすぐ上にある小さな突起を指でつまみ、包皮《ほうひ》を剥《む》く。快楽により膨らんで赤く染まった小さな紅玉《こうぎょく》を露《あら》わにすると、彼はそれを指先で小さく震わせた。

その場所がじん、と熱くなり、血液が一気に集まるような感覚がする。

敏感な芽を刺激され、セシルの喉からは更に激しい喘ぎが零れた。

「あぁ……っ、あ……あぁぁン……っ！」

硬い指先で擦られ、押し潰される。直接的な刺激に、鋭い快感が体の中心を駆け抜けていくような気がした。

じんじんと熱を持つ場所から指を離しつつ、ヴィクトラムが今度は指をまとめて三本、セシルの中に突き入れる。

柔らかく解《ほぐ》れたその場所は難なく三本の指を呑み込み、セシルのあえかな声が浴室内に反響した。

ヴィクトラムは指の根元まで差し込み、傷つけないようゆっくりと抜き差しを繰り返す。

セシルは彼に縋《すが》り付いたまま、ふ、ふ、と浅い呼吸を繰り返していた。

体内で快楽の蕾《つぼみ》が膨らみ、胸を圧迫している。これが弾けたら——また、あのめくるめく白い世界に身を投じるのだろう。

その時を思って、期待に身の内が震える。

「あ……あぁ、あ……ッ」

「君が、あの下男に何かされたかもしれないと思った時は——頭に血が上ってどうにかなりそうだった」

「で、でもわたし、何も……あっ」

「私にとっては、胸に触られただけでも赦《ゆる》しがたい。……全部、私のものだ。君のこの可愛らしい顔も、細い首筋も、柔らかい胸も、華奢《きゃしゃ》な足腰も——」

一旦言葉を切ったヴィクトラムは、セシルの体内に埋めた指を官能的に動かした。

「もちろん、この場所も」

「あぁぁぁ……ッ！」

ぱぁん、と頭の中で何かが弾けたような錯覚に陥《おちい》った。

達したのだ。だがそれは、白い世界のほんの縁《ふち》を覗き込んだだけに終わってしまう。

まだ、まだ足りない。

もっと強い、あの荒波のようにうねる強烈な感覚で、どこまでもさらっていってほしい。

セシルはヴィクトラムの頭に手を伸ばすと、硬い髪に触れた。そして、自分のほうへと引き寄せる。

「ヴィクトラム様、もっと……」

淫《みだ》らな願いが自然と飛び出し、それに後悔する間もなく、ヴィクトラムが欲を孕《はら》んだ瞳を向ける。

「良いのか……？」

黒虎騎士団の団長に相応《ふさわ》しい、凜とした茶色の瞳が興奮で少し赤く染まっている。

君が欲しい、と視線だけで訴えられた気持ちになり、セシルの胸は充足感に満たされていった。

相手を求めているのはセシルも同じことだ。迷わず頷くと、彼はセシルを抱きかかえて浴槽の中に入った。

ざば、と大きな波が起こり、徐々に凪《な》いでいく。しかしその波が収まるより早く、セシルの中に侵入したヴィクトラムがまた新たな波を起こすよう、腰を揺らし始めた。

初めは、ゆらゆらと緩《ゆる》やかに。そしてセシルの反応を見ながら、段々と激しくしていく。

「あ……あっ」

「セシル、中がきつく締まって……。そんなに気持ちいいのか」

「わ、わたし……わたし……」

かぁ、と頬が火照《ほて》るのを感じたセシルは羞恥《しゅうち》に耐えきれず、ヴィクトラムの胸板に頭を擦りつけた。

以前からヴィクトラムに抱かれている時に、もちろん愉悦《ゆえつ》は覚えていたが、それでも最後の最後で理性が捨てきれなかったように思う。

それは、自分がただ夜の世話係であり、欲望のはけ口に過ぎないという思いがあったからだろう。

けれど気持ちが通じ合った今、彼も自分のことを好いてくれていたのだと知って、もう遠慮することなど何ひとつなかった。

ばしゃばしゃと湯船から湯が大きく跳ねたが、ヴィクトラムが構うことはなかった。

「あっ、あっ、あぁぁ……ッ！」

「く……、そんなに締めるな、セシル」

「だ、だって……あん……っ」

鼻にかかった声は、まるで媚びているかのようだ。

こんな甘ったるい声を出している自分が恥ずかしい。そう思うのに、彼の胸板に胸の先端が擦れるのも、花弁を捲《めく》り上げられ激しく突かれるのも、何もかもが気持ち良かった。

「やだ、や、強くしないでぇ……っ」

「そんなに目を潤《うる》ませて、何を言っている……っ」

ずん、と奥の窪《くぼ》みを穿《うが》たれ、目の前で鮮やかな火花が弾ける。腹の奥の痺《しび》れはますます重く澱《おり》のように溜まり、セシルの体を熱くしていった。

「やぁぁ……っ」

口端から唾液を零し、セシルはヴィクトラムの肩に必死でしがみつく。

セシルの臀部《でんぶ》を掴み、上下に揺さぶりながら、ヴィクトラムは大きく口を開けて乳房

を頬張った。

乳輪ごと先端を甘噛みされ、セシルはもう息も絶え絶えだ。

「あ……あ……っ」

「君の肌は、甘いな……。もっと食べたくなる」

ヴィクトラムになら、食べられてもいい。

その思いを伝えるために、セシルは腰をかすかに浮かせて彼に口づけをする。

教えられた通り、唇を押しつけ、舌で粘膜を舐《ねぶ》り、歯列をなぞって――

そして唇を離し、勇気を出して囁《ささや》いた。

「……食べて下さい」

囁《ささや》いた瞬間、ヴィクトラムが目を瞠《みは》った。

やがてその目が細められたかと思うと、ヴィクトラムはセシルの中から己《おのれ》を抜き去る。

そしていきなりセシルを横抱きにしたかと思えば、湯船を後にした。

突然体勢が変わったことに驚き、彼にしがみついたセシルだが、すぐに脱衣所のマットに下ろされる。

何事かと見上げれば、彼は熱っぽい瞳でセシルを見つめ、覆い被さってきた。

マットの上で腕をひとまとめにされ、足を大きく割り開かされる。口づけをしながら再び挿入され、セシルは喉の奥で嬌声《きょうせい》を上げた。

「んん――――――ッ！」

太い杭で一気に奥まで貫《つらぬ》かれ、強い愉悦《ゆえつ》が電流のように走り抜ける。

全身の毛穴が開き、どっと汗が噴き出すような感覚があった。

ヴィクトラムは、もう遠慮などしなかった。

ぱん、ぱん、と肉同士がぶつかる音が響き渡る。

長大なヴィクトラムのものは何度もセシルの蜜壺の中を行き来し、蜜を掻き出した。

粘着質な音が幾度《いくど》も幾度《いくど》も上がり、その音がセシルの耳をも犯す。

「お言葉に甘えて、たっぷり味わわせてもらおう」

「やぁっ、んぁっ、んぁぁぁッ」

「……は、君は本当に、淫《みだ》らだな……」

詰《なじ》るようなその言葉ですら、今は興奮を煽《あお》る材料にしかならない。

体の中心をぞくぞくと駆け上る刺激に、セシルは唇を塞いで戦慄《わなな》いた。

「ひっ、あ……っ、ぁ……、やぁ、もっと……っ」

「奥に、ほしいのか」

「そ、そう……っ、奥、叩いて……っ、気持ちいいの……」

「っ、君は本当に……私を煽《あお》るのが上手だ」

セシルの願いに、ヴィクトラムは抗《あらが》わなかった。

セシルの両足を抱え直すと、乱暴ともいえる動きで奥を叩き始める。

上から叩きつけるような激しい抽迭は、子宮口をこじ開けられてしまうかと思うほどだ。

胸が勝手にふるふると揺れ、彼が両手でそれを捏《こ》ねる。

先端を潰すように捻《ひね》られ、セシルは指先が白くなるほど強く、マットを握りしめた。

「あっ、あ――ッ、んあっ、ンっ、ふあぁ……ッ！」

唇の端から零れる唾液を拭《ぬぐ》う気力すらないまま、セシルは喘ぎ続けた。

中はぎゅっと窄《すぼ》まり、やがてヴィクトラムに限界が訪れる。

「は、あ……っ、いくぞセシル……ッ」

「あ……っん、んんぅ、きて……、ヴィクトラム様、好き、好きなの……」

「私も、愛している……」

幾度《いくど》も愛の言葉を囁《ささや》きながら、ヴィクトラムは体をぶるりと震わせ、セシルの中に己《おのれ》の欲望を放った。

セシルは覚束《おぼつか》ない声を上げながら最後の一滴までを受け止める。そして、ヴィクトラムのものが抜き去られた瞬間、秘所からはごぽりと白濁《はくだく》が溢れ出し、セシルの内腿を濡らした。

「せっかく風呂に入ったのに、また汚してしまったな……」

そんなヴィクトラムの苦笑を最後に、セシルの意識は徐々に遠のき、そのままぐったりと眠りについてしまったのだった。

エピローグ

その後、ヒルダは父であるクロディーヌ公爵預かりの身となった。

ヴィクトラムは厳刑に処すことを希望していたが、病《やまい》の身をおして、娘への温情を訴えにきた公爵の願いを無下《むげ》にはできない。

結局、二度とヴィクトラムの領地へ足を踏み入れないこと、しばらくの間公爵邸にて謹慎することで決着した。

今朝届いた書簡によると、どうやら公爵の遠縁である田舎貴族との結婚が決まったらしい。

あの気位の高いヒルダのことだ。田舎へ追いやられるのはさぞかし不服であろうが、自らの行動の報《むく》いは必ず自分に返ってくるということが少しでも身に染みれば良い。

「ヴィクトラム様、お手紙ですか？」

朝食を持ってきたセシルが、ヴィクトラムの手の中に目をとめる。長いこと熱心に読んでいたから、気になったのだろう。

さすがに覗き込むような真似はしないが、興味を示している様子だ。

「ああ、仕事関係のものだ」

ヴィクトラムは、手にしていたクロディーヌ公爵からの手紙を、セシルから隠すように机の中にしまい込んだ。

もうヒルダのことなどどうでも良い。これ以上、醜《みにく》いものにセシルを触れさせて嫌な思いをさせたくなかったのだ。これからはずっと、優しく温かなもので彼女を包んで守っていきたい。

「そんなことより、君のほうにも手紙が届いていたようだな」

今朝、郵便配達人が持ってきた手紙の中には、宛名がセシル・ブランシェのものが一通交じっていた。

セシルの顔が嬉しそうに綻《ほころ》び、ポケットからその手紙を取り出す。

「はい、母さんから……」

セシルが城で働き始めて三ヶ月。何かと忙しくて実家に帰れない日々が続いたので、先日近況報告の手紙を送ったのだが、その返事が届いたのだろう。

手紙を渡されて目を通すと、そこには近頃『七つの波止場亭』で起こったことや、村の住民の様子が綴《つづ》られている。

その中に、マノンとジョシュが付き合い始めたということが書いてあり、驚かされた。

「あのふたりが？」

「わたしがいなくなってから、急速に仲良くなったんだって母さんが」

恐らくは、あぶれた者同士で何となくくっついたのだろう。

「それは良かった」

二重の意味を込めて、ヴィクトラムは小さく頷く。

ひとつは、純粋に祝福の意味で。そしてもうひとつは、セシルに恋心を抱く男が排除されたという意味で。

いくら自分のものになったとはいえ、セシルにいつまでも横恋慕する男がいては目障りだ。早々に退場してもらうことができて、安心した。それに、あのふたりはなかなかにお似合いである。

「女将《おかみ》さんも、元気そうで良かったな」

「ええ、本当に。育ててもらった恩返しをしなきゃいけないし、まだまだ元気でいてもらわないと」

「そうだな。女将《おかみ》さんにも近々挨拶《あいさつ》に行かないといけないしな……」

「挨拶《あいさつ》？」

小首を傾げるセシルの腰を引き寄せ、ヴィクトラムは自らの膝の上に座らせる。そして肉付きの薄い体を抱き寄せながら、苦笑した。

察しの悪い娘だ。だが、そこが可愛らしい。

「結婚の許可をもらいに」

「け、けっこん……」

ヴィクトラムの低音の囁《ささや》きに、セシルが耳まで赤くして俯《うつむ》く。そしてはぐらかすように、視線をさまよわせた。

「そ、その話はまた今度──」

「今度、今度と言って何度先延ばしにするつもりだ?」

「う、それは……」

ヴィクトラムの軽い睨《にら》みに、セシルは口ごもってぼそぼそと訳の分からないことを呟《つぶや》き始める。

このところ毎日のように結婚を申し込んでいるというのに、未だに頷いてくれない強情張りなのだ。

両思いなのに、どうして躊躇《ためら》う必要があるのかと思っていたヴィクトラムだったが、どうもセシルは身分の差を気にしているらしい。

身分の差といっても、生粋《きっすい》の貴族とは違い、ヴィクトラムは元々平民である。騎士として準貴族の位を授けられてはいるものの、両親は普通の商人だ。だからそんなことは気にしなくて良いと、何度も口にしているのに……

「君が早く承諾の返事をくれないと、私は無理やりにでも結婚に持っていくぞ」

「無理やり？」

セシルがきょとんと目を瞬《また》かせる。――ああ、本当に、察しの悪い娘だ。

悪い笑みを浮かべたヴィクトラムは、彼女の平らな腹を空いているほうの手で意味深に撫でた。

「私は、子供が先でもまったく問題ない」

「えっ⁉」

「男の子と女の子、両方欲しい。なあ、セシル……」

色めいた声でヴィクトラムが寝台への誘いをかけようとした瞬間、セシルは脱兎《だっと》の勢いで腕の中から逃げ出した。

「わっ、わたし！　お仕事に行ってきますね！」

「今日は休みだろう。それに、君の仕事は私の世話だ。主に夜の」

「お、主に夜のって……！　ヴィ、ヴィクトラム様、変わりすぎです……！　冷徹騎士

「団長はどこに行ったんですか」

「冷徹騎士団長は出奔中《しゅっぽんちゅう》だ――永遠に」

大まじめな表情で言えば、セシルは困ったような怒ったような顔をして、眉を下げた。

「働き始めてまだ三ヶ月なのに、厨房《ちゅうぼう》での仕事を辞めるわけにはいきません」

「なぜだ。アニエスやサークは祝福してくれたぞ。跡継ぎはいつできるのかと。毎晩のように励《はげ》んでいるのだから、そろそろ――」

「知りません!!」

聞こえないとばかりに耳を手で塞いだセシルは、そのまま部屋を出て行く。

ややよろめいているのは、昨晩も――というより今朝方まで励《はげ》んでいたからだろう。

夜ごとセシルはヴィクトラムによって体を作り変えられ、甘く淫《みだ》らに花開くようになった。

近頃では綺麗になったと評判で、彼女に思いを寄せる使用人も少なからずいるのだというから、けしからぬことだ。

変な虫が付く前にと何度も求婚しているのに、未だ色よい返事をもらったことはない。

朝食に手をつけていないのも忘れて椅子から立ち上がると、ヴィクトラムはセシルを早足で追いかけた。すぐに追いつき、背後から抱きすくめるようにして捕獲する。

腕の中にすっぽりと収まる体は、じたばたしながらヴィクトラムから逃れようとした。

「ヴィクトラム様！　人に見られます……っ」

「私は見られても問題ない」

「あら、旦那様、セシルさん。ごきげんよう。今日も仲がよろしくて何よりですわ」

言っているそばから洗濯物を抱えたアニエスがにこやかに通り過ぎていき、セシルはますます憤慨《ふんがい》したようだった。

「ああほら、もう、離して下さい……！」

「一生離すつもりはないぞ。諦めて、私の求婚を受けなさい」

「あ……ちょ、待って……！」

往生際悪く逃れようとするセシルを横抱きにすると、ヴィクトラムはそのまま自分の部屋へと引き返す。

「アニエス……！　アニエス助けて……!!」

セシルはアニエスに助けを求めるが、微笑ましげな眼差しが返ってくるのみだった。

「アニエス、二階に人を近づけるな。私はこれから未来の妻に結婚を納得させるべく大事な話し合いに臨むからな」

話し合いと言っても、もちろん普通の話し合いではない。体と体の話し合いである。

いつまでも拒み続けるセシルには、自分なしでは生きていけないとたっぷり思い知らせてやらねば……と、ヴィクトラムは不穏当な考えに唇の端をつり上げる。

「はい、かしこまりました。頑張って下さいね、セシルさん」

「頑張れって何を……⁉」

悲鳴のような声を上げたセシルだったが、アニエスは意味深におっとりと笑うばかりだ。もうこのやりとりにも慣れたのだろう。

部屋に戻ったヴィクトラムは、大股で寝台まで歩いて行くとその上にセシルを投げ出す。

すぐさま身を起こそうとする彼女の肩を押し、上からのし掛かって唇を塞いだ。

「ん、んんっ！　ヴィ、ヴィクトラム様……、朝食がまだです！」

「そんなもの後で良い。今は君が食べたい」

「わたしは食べ物じゃありません！」

必死でヴィクトラムを押しのけようとするが、セシルの細い腕では微風《そよかぜ》ほどの効果もない。

ヴィクトラムは彼女の両腕をまとめて枕に縫い付けると、それでもなお抵抗する体を見下ろして、愛《いと》おしげに目を細めた。

「ああ……可愛いな、セシル。いくら食べても満足できない」

「だから、わたしは食べ物じゃないって……ヴィー……っ！」

近頃、セシルはヴィクトラムを昔の呼称で呼ぶことが多くなった。

ヴィクトラム自身が望んだということもあり、ふたりきりの——特に閨《ねや》の中ではそう呼ばせている。たかが呼び名ひとつだが、それでもふたりの距離がぐっと近づいたような気持ちになるから不思議なものだ。

「セシル、好きだ……可愛い」

「あっ、ちょっ、待っ……どこ触って……」

「今日は、求婚の返事を聞くまで離さない。もちろん返事は『はい』だけだ」

ちゅ、ちゅ、と唇で肌を吸い上げる音が響く。

セシルはしばらく抵抗の声を上げていたが、やがてそれも甘い喘ぎ声に変わり、淫《みだ》らな嬌声《きょうせい》となった。

ヴィクトラムはその日も飽くことなくセシルの体を貪《むさぼ》り、あまりのしつこさにとうとう根負けしたセシルが、「結婚します」と叫んでも、しばらく離すことはなかった。

セシルとヴィクトラムが神の御前で愛を誓い合ったのは、それから二月後《ふたつき》。

領主の奥方となった後もセシルは厨房《ちゅうぼう》に立ち、愛する夫のために美味《おい》しい料理を作った。やがて料理を作る相手がひとりからふたり、ふたりから三人へと増えていき、領主の館《やかた》には子供の笑い声が絶えず響くようになる。

毎年ヴィクトラムの誕生日には盛大な祝いの宴《うたげ》が開かれたが、彼はどんなごちそうよりも妻の作ったチーズのオムレットを喜んで食した。

曰《いわ》く、これは愛する妻との大事な思い出の味だ……とのことである。

ヴィクトラムは良き領主として、また騎士団長として領地を守り、セシルは妻としてそれを支えた。

ふたりは領民からも慕われ、いくつになっても理想の夫婦として、常に若い恋人たちの憧れの的であったという。

書き下ろし番外編

ライバルは子猫

それはセシルがヴィクトラムと結婚し、二ヶ月ほど経過した頃のことだった。

「ミャー」

足元から聞こえた小さな鳴き声に、セシルとアニエスは同時に立ち止まり、顔を見合わせた。

「セシルさん、今の聞こえました？」

「聞こえたわ。たぶん猫、よね？」

セシルの問い掛けに答えるように、また「ミャーン」と小さな鳴き声が聞こえてくる。

弱々しい声に導かれるように木陰のほうへ歩いてみれば、そこにはまだ赤ん坊と言えるほど小さな白猫が、蹲《うずくま》っていた。周囲に親猫や兄弟猫の姿はなく、たった一匹でぷるぷると震えている。

よく見ると、前脚に血がこびりついていた。

「可哀想に。この子、怪我してるわ」

セシルは思わず子猫のそばに駆け寄り、肩に掛けていたショールでくるむようにして抱き上げた。初春の風はまだ冷たく、痩せた子猫の身体には辛いはずだ。

脚が痛いのか、子猫は突然抱き上げられたことに怯えた様子を見せながらも、逃げようとはしなかった。

「どこかに引っかけたのかしら。弱っているみたいだし、医務室で診《み》てもらわないと」

この城では、人間だけでなく動物の治療も得意とする医師を雇っている。騎士団所有の馬や猟犬、それに家畜など多くの動物を飼育しているからだ。

しかしヴィクトラムは昨日から一ヶ月、領主として近隣の町や村の視察に出かけており、城を留守にしている。勝手なことをするのは気が引けたが、悠長にヴィクトラムの帰りを待てる状況ではない。早く保護してあげないと、子猫はこのまま死んでしまうかもしれないのだ。

きっと、ヴィーも許してくれるわ。だって彼は優しい人だもの。こんなに可愛い子猫を助けることに、怒ったりなんかしないわ。

そう自分に言い聞かせ、セシルはアニエスにてきぱきと指示した。

「アニエス、先に医務室へ行って先生に伝えてきてくれない？」

「分かりました」

ワンピースの裾を翻《ひるがえ》しながら走り去るアニエスを見送り、セシルも少し早足で城へ向かう。気持ち的には全力疾走したかったが、転んだりして腕の中の子猫を危険な目に遭わせるわけにはいかない。

「よしよし、大丈夫よ。すぐに元気になるからね」

セシルは子供をあやすような声で優しく語りかけ、子猫をぎゅっと抱きしめた。

まさかこの子猫が原因で、思わぬ騒動が巻き起こってしまうとも知らずに――

それから二十日後。

「ねえ、セシル。これ見てくれないかな」

「ん？」

昼食を終え、厨房の皆と歓談していたセシルに、ユーリが嬉しそうに話しかけた。

振り向けば、彼は小さな白いボウルを手にして得意満面だ。中を覗き込むと、何かドロドロしたものが入っている。ぱっと見ただけでは何なのか分からない。

「何かしら。新作のソースとか？」

「違う違う。猫を飼ってる友達に聞いて、子猫用の餌を作ってみたんだ。ラムに食べさせてあげようと思ってさ」

ラムというのは、保護した子猫にセシルが付けた名だ。

今は使っていない空き部屋で世話をしており、セシルとアニエスが交代で面倒を見ている。

セシルが子猫を拾ったという噂はあっという間に城中を駆け巡り、連日、ラムを一目見ようと人だかりができるほどだ。

しかし、ラムはまだ本調子ではない。幸いにして脚の怪我は命に関わるようなものではなかったが、あれほど衰弱していたのだ。日に日に元気になっているとはいえ、あまり大勢の人間と接することでストレスを与えたくはなかった。

医師からの指示もあり、セシルは自分とアニエス以外の空き部屋への出入りを禁じたのだった。

「餌をあげるためなら、ラムに会いに行ってもいいだろう？」

「ユーリったら、そのためにわざわざ？」

「それだけじゃないよ。ラムだってそろそろ、山羊のミルク以外の栄養を取るべきだろう？　それにアニエスもセシルも、ラムに会わせてくれないから」

落ち込んで肩を落とすユーリの姿があまりに可哀想で、セシルは思わず笑ってしまった。アニエスは最近ラムに夢中で、ユーリの前でもずっとその話ばかりしているそうだ。自分だけ仲間はずれになったような気がして寂しいのだろう。

「いいわよ、特別ね。でも、少しの間だけよ」

「ありがとう、セシル！」

感極まったユーリが大声で礼を言った瞬間、背後から料理長の叱責が飛んできた。

「こらっ、ユーリ！ 奥様には敬語で話しなって言っただろう！ 呼び捨ても禁止だよ！」

「りょ、料理長、いいんです！ わたしが今まで通りにしてほしいって頼んだだけで、ユーリは何も」

慌てて手を振ってユーリを庇うも、料理長は納得してくれなかった。

「いいえ奥様！ 使用人が奥様を呼び捨てなんてとんでもないことですよ！」

「でもユーリは友達だし、ふたりで喋る時くらいは……」

「セ、セシル！ 早く行こう！」

何とか料理長を説得しようとしたセシルだったが、それより早く、ユーリが手を引いて厨房から連れ出す。

しばらく歩いたところで、彼は料理長が追いかけてきていないことを確認し、ふうとため息をついた。

「ばあちゃんは相変わらずうるさいなぁ。引退しててもおかしくない年齢なんだから、少しくらい大人しくしておけばいいのに。セシルまで嫌な思いさせて、ごめんね」

「そ、そんな。嫌な思いなんてしてないわ。料理長にはとても感謝してるのよ。わたしがこれからも厨房に立つことを、応援してくれたから」

領主の妻となったセシルだが、料理人を引退したわけではない。もちろん今までと同じように働くことは無理だが、できる限り厨房に顔を出すようにしている。

領主の妻としての役割をおろそかにする気はない。ただ、セシルは料理を作るのが好きだし、自分の作った料理を美味《おい》しそうに食べる時のヴィクトラムの笑顔は、もっと好きだった。

ヴィクトラムは初めのうちこそ渋っていたものの、セシルからの初めてのおねだりに、最終的には折れてくれた。更に料理長から『お菓子を作れるのは奥様だけだし、まだまだ人手不足だからせめて子供ができるまでは』と説得されては頷かざるを得なかったようだ。

「料理長のおかげで、わたしは料理を続けていられるんだもの。それに、大人しい料理長なんて想像できる？」

「まあ、ばあちゃんが急に大人しくなったらそれはそれで怖いけど」

意見の一致に、ふたりは顔を見合わせて噴き出す。

そうしてラムのいる空き部屋に向かって歩きながら、セシルは改めてボウルの中身を見た。

「そういえば、その餌って何が入っているの？」

「山羊のミルクの中に、磨り潰したササミと裏ごししたかぼちゃをほんの少し。食べてくれるといいなぁ」

「そうね。ラムはまだ痩せてるから、たくさん食べて元気になってくれると嬉しいわ」

もしラムがこの餌を気に入ってくれたら、自分もユーリから作り方を習おう。

そんなことを考えながら歩いていたセシルは、背後から唐突に肩を掴まれ、思わず悲鳴を上げた。

「きゃっ」

振り向けば、十日後に帰城する予定だったヴィクトラムが、騎士服姿で突っ立っている。顔色は悪く、それなのにどこかから走ってきたのか、息が乱れていた。

「お、お帰りなさい。こんなに早く、どうしたの？　具合でも――」

「セシル！」

急に大声で名を呼ばれ、セシルは思わず身を竦《すく》ませた。

ヴィクトラムが今度は向かい合う形で、セシルの両肩をがしっと掴み、真剣な眼差しで見下ろしてくる。

「ラムというのは誰だ？　洗濯婦たちから聞いた。俺が留守の間、君がよそ者を拾って空き部屋に住まわせ始めたと。毎日毎日、空き部屋に通い詰めるほど夢中だそうだが、本当か？」

「よ、よそ者って……」

確かにラムは野良猫だし、その言い方でも間違ってはいない。だが、いったいどうしてそんなにラムに対して敵意剥《む》き出しなのだろう。

ヴィクトラムのいない間に勝手なことをしたのは申し訳ないと思っているが、まさかここまで怒るとは……

もしかして彼は、猫嫌いだったのだろうか？　世の中には動物を本気で嫌っている人間もいると聞く。ヴィクトラムは馬や犬と接するのは平気なようだが、猫には何か嫌な思い出があるのかもしれない。そうだとしたら、本当に申し訳ないことをした。

「ご、ごめんなさい。怪我をしていて可哀想だったし、それにあのつぶらな目を見ていると、どうしても放っておけなくて」

「ヤツは、そんなに——一目で、君の心を奪うほど魅力的だったのか？」

「えっ？　そ、そうね。一目惚れと言っても間違いじゃないわ。すごく可愛くて、守ってあげたいと思ったの」

くっ、とヴィクトラムが歯を食いしばり、次いで舌打ちする。

「母性本能をくすぐる系なのか……！　セシルには私が先に拾ってもらったのに……」

ぼそりと聞こえた独り言の意味がよく分からない。それになんだか妙に悔しそうに見えるのだが、いったい何なのだろうか。

「あの、ラムはとてもいい子なの。苦手なら仕方ないけど、ヴィーも一度会ってみない？　きっと気に入るわ」

「気に入るわけないだろう……っ！」

悲痛とすら感じるほどの声で、ヴィクトラムがセシルの提案を拒絶した。

驚いてぽかんとしているセシルを情けない顔で見つめながら、ヴィクトラムが恨めしげに呟いた。

「妻が……私の留守中に、まさか若い男に執心になるとは思ってもいなかった。だが、新妻を一ヶ月近くも留守番させていた私も悪いのだろう」

「へ……っ？」

「私のどこがそいつに劣るんだ、セシル！　言ってくれ、悪いところは全部直すから！　まだ間に合うのだろう⁉　私はもう三十一だが、まだまだ夜は現役だ。そこらの若い男になんか負けないぞ！」

「えっ⁉　ちょ、な、何言ってるの？　間に合うって何⁉　夜は現役って何⁉」

なぜ、普段は厳格な騎士団長である彼が、人前でそんな危うい発言をしているのだろうか。

その時だった。

訳も分からず混乱するセシルの後ろで、それまで黙って事の成り行きを見守っていたユーリが、盛大に笑い出したのは。

「あはははははっ、だ、旦那様。誰に何を吹き込まれたのか知りませんが、ラムっていうのは子猫のことですよ」

「……子猫？」

「そう、子猫。セシルとアニエスが木陰で見つけた、小さくて可愛い白猫の赤ちゃんです」

長い、沈黙が流れた。

やがてヴィクトラムがそろそろとセシルの肩から手を離し、その手で己《おのれ》の顔を覆う。

「……すまない、セシル。私の勘違いだ」

謝罪をする彼の指の隙間から見える肌は、真っ赤に染まっていた。

その日の夜、セシルは夫婦の寝室で、ヴィクトラムの言い訳を聞いていた。

彼は自身の勘違いを深く恥じており、しゅんとしおらしい態度で縮こまっている。

「その……予想以上に視察が早く終わって、帰ってきたら洗濯婦たちが言っていたんだ。お前が顔立ちの整った若いよそ者を空き部屋に引き込んで、毎日楽しそうに過ごしていると。俺をからかうつもりでわざと誤解させるような言い方をするとは」

「信じるほうも信じるほうよ。まさかわたしが浮気してると思ってショックを受けるなんて」

ツンとわざと冷たい態度を取りながら、しかしセシルは内心、とてもおかしく思っていた。泣く子も黙る黒虎騎士団の団長様が、知らなかったとはいえ子猫と張り合うなんて。

「う、浮気とは思っていない。君がそんなことをする女性でないのは分かっている」

「でも疑ってたでしょう？」

「い、いや、その……。あの時はショックのあまり正気を失っていた。すまない」

自らの誤解を認めた後、彼は洗濯婦たちのもとへ行き、騙されたことを詰《なじ》ったのだ。

しかし、「やだ旦那様ったら、あんな冗談を真《ま》に受けたんですか」と言われ、すごすご戻ってきたらしい。彼はどうも、母親世代の女性には弱いようだ。

「わたし、今日は空き部屋でラムと寝てこようかな。ラムのほうが素直で可愛いし」

わざと枕を持ったまま部屋を後にしようとすれば、寝台の上でヴィクトラムが悲愴な表情を浮かべた。

「そ、それだけはやめてくれ！　この二十日間、君と一緒にいられずどれほど寂しかったことか。ひとりで寝るのはごめんだ！」

懇願するようなヴィクトラムの顔が捨て猫のようで、セシルは自分が冷たい態度を取っていたのも忘れ、ついつい笑ってしまう。

さすがにこれ以上意地悪なことを言うのが可哀想になって、セシルはちゅっと、彼の額へ軽い口づけを落とした。

「冗談よ。確かにラムは可愛いけど、わたしの一番はヴィーよ。不器用で少し怖いけど、優しくて素敵な旦那様がわたしは大好きなの」

「セシル……」

「好きよ、ヴィー。お帰りなさい」

そっと伸びてきた手がセシルの手首を掴み、優しく引く。自然とヴィクトラムに抱きつくような形になり、セシルは彼のぬくもりを堪能《たんのう》するため、広い背中へ腕を回した。

「ただいま。私も、君のことが大好きだ」

どちらからともなく呟《つぶや》かれた「愛してる」の言葉と共に、唇が重なり合う。

離れていた間、寂しい思いをしていたのはセシルも同じこと。

その晩、ふたりは久々に同じ寝台で眠り、明け方まで離れることはなかった。

幸福感と共に目を閉じたセシルは、ヴィクトラムの腕の中で眠りに落ちながら、こんなことを思ったのだった。

実はラムという名前がヴィクトラムから取ったもので、綺麗な茶色い瞳がそっくりだからということは、今しばらく内緒にしておこう――と。

その後ラムが正式にセシルの飼い猫となり、独占欲剥《む》き出しでヴィクトラムを敵視するようになることを、この時のふたりはまだ知らない。

本書は、2017年6月当社より単行本として刊行されたものに書き下ろしを加えて文庫化したものです。


この作品に対する皆様のご意見・ご感想をお待ちしております。

おハガキ・お手紙は以下の宛先にお送りください。

【宛先】

〒150-6005 東京都渋谷区恵比寿4-20-3 恵比寿ｶﾞｰﾃﾞﾝﾌﾟﾚｲｽﾀﾜｰ 5F
（株）アルファポリス　書籍感想係

メールフォームでのご意見・ご感想は右のＱＲコードから、
あるいは以下のワードで検索をかけてください。

アルファポリス　書籍の感想　検索

ご感想はこちらから

NB

ノーチェ文庫

騎士団長《きしだんちょう》のお気《き》に召《め》すまま

白《しろ》ヶ《が》音《ね》雪《ゆき》

2019年4月25日初版発行

文庫編集－斧木悠子・宮田可南子
編集長－塙綾子
発行者－梶本雄介
発行所－株式会社アルファポリス
〒150-6005 東京都渋谷区恵比寿4-20-3 恵比寿ｶﾞｰﾃﾞﾝﾌﾟﾚｲｽﾀﾜｰ5F
TEL 03-6277-1601（営業）　03-6277-1602（編集）
URL http://www.alphapolis.co.jp/
発売元－株式会社星雲社
〒112-0005 東京都文京区水道1-3-30
TEL 03-3868-3275
装丁・本文イラスト－坂本あきら
装丁デザイン－AFTERGLOW
（レーベルフォーマットデザイン－ansyyqdesign）
印刷－株式会社暁印刷

価格はカバーに表示されてあります。

落丁乱丁の場合はアルファポリスまでご連絡ください。

送料は小社負担でお取り替えします。


ISBN978-4-434-25835-0 C0193